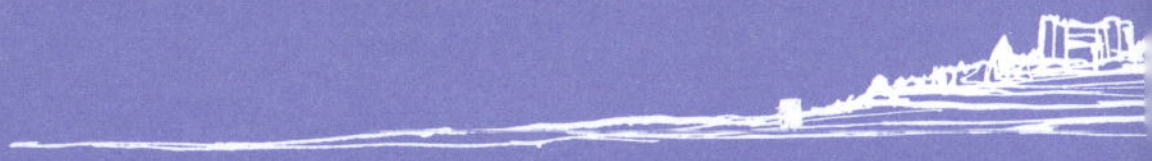

# 想《そう》魔《ま》のいる街《まち》

たからしげる・作
東　逸子・絵

もくじ

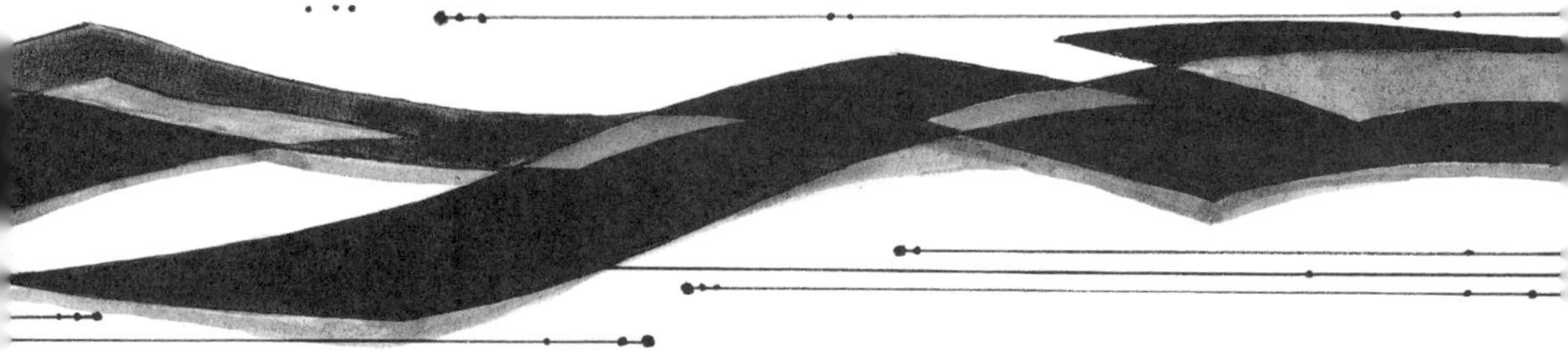

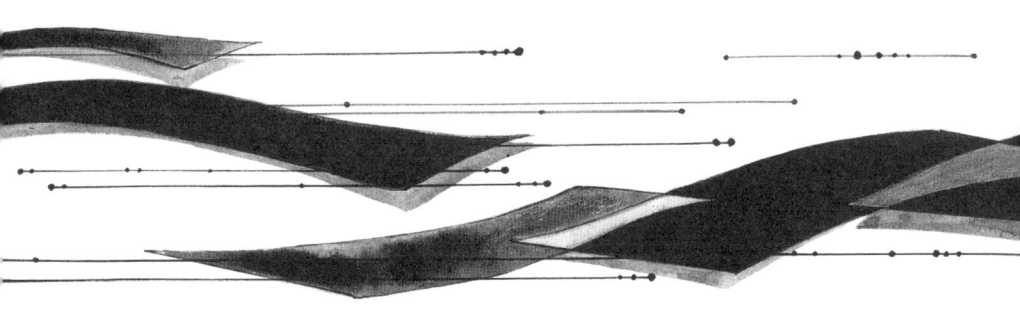

# プロローグ

エレベーターのドアは、左右に大きくひらいていた。ふつうなら、人が乗《の》りこむ四角い箱《はこ》があって、照明《しょうめい》もついているはずだ。ところがいま、そこには底《そこ》なしの闇《やみ》があった。照明《しょうめい》が切れて、暗《くら》くなっているのとはわけがちがう。そこには箱《はこ》もなければ明かりもない。鼻《はな》をつままれてもわからない、墨汁《ぼくじゅう》を溶《と》かしこんだような闇《やみ》が、どこまでもおくへおくへと、深《ふか》く広がっていた。

「それじゃ、いってみようか」

男が、有市《ゆういち》の手をとっていった。前方に、四角く切りとられた闇《やみ》が迫《せま》ってきた。

「え、ちょっと待《ま》って」

有市《ゆういち》は、知らないうちに叫《さけ》んでいる自分の声をきいていた。手を引かれているのに、足が前に進《すす》まない。いきたくない場所《ばしょ》にいこうといわれて、飼《か》い主《ぬし》にリードをぐいぐい引っぱられている犬にでもなった心境《しんきょう》だ。
「だいじょうぶ、手をしっかりにぎっているんだ。目をつむっていてもいいぞ」

男の声はやさしかった。しかし、引っぱる手にこめる力は、強かった。

やがて、有市《ゆういち》の体がふわりと宙《ちゅう》にうきあがった。体が、闇《やみ》にしずんでいく。

まだずっと小さかったころ、妹の奈津美《なつみ》と、押《お》しいれのなかで遊《あそ》んだときの記《き》憶《おく》がよみがえった。

有市《ゆういち》は五歳《さい》で、奈津美《なつみ》は三歳《さい》だった。

冬の夕暮《ゆうぐ》れだった。日はとっぷりと暮《く》れていた。お父さんは会社で、お母さんは近くのスーパーに買《か》い物《もの》にでかけていた。ほんのつかのま、有市《ゆういち》は思いついて、押《お》しいれのなかに奈津美《なつみ》ととじこもったのだった。

もしかしたら、買《か》い物《もの》から帰ってきたお母さんを、少しびっくりさせてやろうという気持《きも》ちがあったのかもしれない。かくれんぼだと思って、探《さが》しだしてもらえたらうれしい。

部屋《へや》の明かりはついていた。二人で押《お》しいれのなかにもぐりこんで内側《うちがわ》からふすまをしめても、まったくの暗闇《くらやみ》にはならなかった。少しもこわくなかった。

奈津美《なつみ》が急《きゅう》にいいだした。

「お兄ちゃん、おしっこ」

「何だよ、早くいってこいよ」

ふすまをあけて、奈津美《なつみ》があわただしく外にでていった。

「ここで待《ま》ってるから」

有市《ゆういち》はいって、ひとりだけ押《お》しいれのなかに残《のこ》った。自分でふすまをしめた。

ぺたぺたとした足音が遠ざかる。

奈津美《なつみ》はなかなかもどってこなかった。薄暗《うすぐら》い押《お》しいれのなかにひとりでとじこもっていると、時間の流《なが》れがやけにゆっくり感《かん》じとれる。

それとも、奈津美《なつみ》はもう押《お》しいれで遊《あそ》ぶのにあきて、おしっこをすませたら居《い》間《ま》にでもいってしまったのかもしれない。テレビのスイッチをつけたとたん、大好《す》きなアニメ番組が始《はじ》まったのだろうか。

しびれを切らした有市《ゆういち》が、自分もふすまをあけて、押《お》しいれの外にでていこうとしたときだ。ぱちん、と音がした。とたんに、目の前のすべての空間が闇《やみ》に包《つつ》まれた。光がどこにも感《かん》じられない、漆黒《しっこく》の闇《やみ》だ。

「わあ」

有市《ゆういち》は叫《さけ》んで、ふすまに手をかけた。がたがたっ。音がして、ふすまが急《きゅう》に動《うご》かなくなった。勢《いきお》いあまって、さんが外れたらしい。

「お兄ちゃん？」

ふすまの向《む》こうで、奈津美《なつみ》の声がした。

「電気、消《き》えちゃった」

ほんとうのことをいうと、奈津美《なつみ》がかべのスイッチに手をのばして消《け》したのだった。でも、奈津美《なつみ》には、自分で部屋《へや》の明かりを消《け》したという自覚《じかく》がない。ちょっと触《さわ》っただけ。とたんに、部屋《へや》が暗《くら》くなったのだった。

ひとりきりの押《お》しいれのなかで、おそろしい闇《やみ》に全身《ぜんしん》を包《つつ》まれた。しかも、ふすまがひらかない。少しも動《うご》かない。有市《ゆういち》はパニックを起《お》こした。くの字に曲《ま》げていた両足《りょうあし》をずんとのばして、ふすまをけとばした。

大きな音がして、ふすまが外れてとんだ。

そのせつな、有市《ゆういち》はみたのだった。暗《くら》い部屋《へや》の片《かた》すみに、どこか青っぽい、闇《やみ》に染《そ》められたような服《ふく》を着《き》た男が立っている。お父さんよりもずっと背《せ》が高く、

肩《かた》はばもある。その顔は、端正《たんせい》で彫《ほ》りが深《ふか》く、くっきりとしたまぶたの下にある目は、海でとれる宝石《ほうせき》のような光を放《はな》っている。

男の後ろには奈津美《なつみ》がいた。その横《よこ》には、買《か》い物《もの》から帰ってきたばかりにみえるお母さんもいた。二人とも、にこにこ笑《わら》っている。

「お母さん」

とたんに、男も、お母さんの姿《すがた》もかききえた。奈津美《なつみ》だけがひとり、暗《くら》い部屋《へや》のなかにぽつんと立って、とまどったような顔をして有市《ゆういち》をみかえしているのだった。

「あれ?」

「ふすま、こわれちゃったね」

奈津美《なつみ》がいって、けたけたと笑《わら》いだした。つられて有市《ゆういち》も笑《わら》いながら、あたりをみまわした。なぞの男も、お母さんもいない。

そのとき、玄関《げんかん》のドアがひらく音がきこえてきた。こんどこそ、お母さんが帰ってきたみたいだ。有市《ゆういち》と奈津美《なつみ》は、二つのまりが転《ころ》がるようにして玄関《げんかん》に走った。

「あらあら、どうなってるの、このふすま」

部屋《へや》にやってきて、明かりをつけてくれたお母さんがもらした声のほっとするようなひびきを、有市《ゆういち》はいまも忘《わす》れない。

しかし、そんな記憶《きおく》が有市《ゆういち》の脳裏《のうり》によみがえったのは、ほんの一瞬《いっしゅん》だった。有《ゆう》市《いち》は、男に託《たく》している手に、力をこめた。あのときみたと思ったのは、もしかしたらいまぼくがその手をにぎっている……？

闇《やみ》のなかで、有市《ゆういち》は男の呼《よ》び名を口にした。

# 1 闇《やみ》への旅立《たびだ》ち

夏休みに入ってまもなく一週間がたつ。

小学五年生の三浦有市《みうらゆういち》は、その朝も、おばあちゃんが作ってくれたごはんのおかずを残《のこ》した。卵焼《たまごや》きがあますぎて、食べていると胸《むね》がむかついてくる。みそ汁《しる》は味《あじ》が薄《うす》すぎだ。とてもじゃないけど、ぜんぶは飲《の》めない。

「ごちそうさま」

いって、はしをテーブルに転《ころ》がす。

「あら、また残《のこ》しちゃったの。たくさん食べないと、大きくなれないわよ」

「大きくなれなくてもいいんだ」

「なにいってるの。食べてもらえなかった卵焼《たまごや》きが悲《かな》しむわよ」

「悲《かな》しむのは卵焼《たまごや》きじゃなくて、おばあちゃんのほうだろ。だったら、もっとおいしいのを作れよ、お母さんみたいに」

おばあちゃんが返《かえ》す言葉《ことば》を失《うしな》っているあいだに、いすを引いて立ちあがる。テーブルを離《はな》れる。

「お兄ちゃん、そんなことといったらおばあちゃんがかわいそうでしょ」

テーブルでまだはしを動《うご》かしている、妹の奈津美《なつみ》がいう。こちらは三年生で、おばあちゃんによくなついている。ものごころついたころ、"小児《しょうに》ぜんそくの転《てん》地療養《ちりょうよう》"で、おばあちゃんの家に預《あず》けられていた時期《じき》があったからかもしれない。

「おばあちゃん、ナツはこの卵焼《たまごや》き、すごく好《す》きよ。作ってくれてありがとう」

「そういってもらえるとうれしいね」

ふん、ナツのやつ、おべっか使《つか》って。

有市《ゆういち》は自分の部屋《へや》にこもると、大きな音でCD《シーディー》をかけた。朝からくさくさしている気分を追《お》いはらってしまいたい。「ピーターQ《キュー》」という人気グループが、去《きょ》年《ねん》の十二月に発売《はつばい》した新アルバムだ。今年の正月、ほんとうに久《ひさ》しぶりに家族《かぞく》四人で初《はつ》もうでにいった帰り、お母さんにねだって買ってもらったのだった。

お父さんは三が日を家で過《す》ごすと、四日目からあわただしく仕事《しごと》にでかけた。東京《とうきょう》の新聞社で社会部《ぶ》の記者《きしゃ》をしているお父さんは、一度仕事《どしごと》で家をとびだすと、いつ帰ってくるかわからない。会社までは二時間近くかかるという長距離通勤《ちょうきょりつうきん》だ。ま夜中や朝になってからの帰宅《きたく》がしばしばで、帰ってこない日もめずらしくない。

ピーターQ《キュー》の演奏《えんそう》と歌は、有市《ゆういち》の気分をなごませてくれなかった。反対《はんたい》に、お母さんが元気いっぱいで、お父さんが留守《るす》がちでも、家族《かぞく》に笑《わら》いが絶《た》えなかった日々を思いおこさせてしまった。もう二度《ど》と帰ってこない、幸《しあわ》せに満《み》ちた日々だった。

二月の、いまにも雪がちらついてきそうな寒《さむ》い朝、お母さんはマンションのゴミおき場に前日までのゴミを捨《す》てにいった。なかなかもどってこない。そろそろ学校にいかないといけない時間が迫《せま》ってきた。いらいらした有市《ゆういち》がみにいくと、エレベーターホールの前に人だかりができていた。

「有市《ゆういち》くん、お母さんが大変《たいへん》」

宮川啓太《みやかわけいた》のお母さんが、おろおろした様子《ようす》で声をかけてきた。啓太《けいた》は同じマンションに住《す》む、幼《おさな》なじみだ。いまは五年一組のクラスメートでもある。仲《なか》よしだ。人だかりのまんなかに、お母さんがあおむけになって倒《たお》れていた。青い顔をして、手足をだらしなくのばしている。目はきゅっととじている。吐《は》いたようなあとがある。

「いま、管理人《かんりにん》さんが救急車《きゅうきゅうしゃ》を呼《よ》んでくれているから。お父さんは？」

有市《ゆういち》は首を横《よこ》にふった。お父さんはきのうから家に帰っていなかった。

やがて救急車《きゅうきゅうしゃ》が到着《とうちゃく》した。有市《ゆういち》は奈津美《なつみ》といっしょに、お母さんの体が横《よこ》たえられた寝台《しんだい》のわきに乗《の》りこんだ。気がついたら、啓太《けいた》のお母さんがつきそってくれていた。

お母さんは、クモ膜下出血《まくかしゅっけつ》という病気《びょうき》だった。病院《びょういん》を四つか五つたらいまわしにされたあと、海の近くにある市民病院《しみんびょういん》に運《はこ》ばれた。すぐに手術《しゅじゅつ》が行われた。集中治療室《しゅうちゅうちりょうしつ》に入って三日間、意識不明《いしきふめい》の状態《じょうたい》がつづいた。四日目の朝、とうとう帰らぬ人になるまで。

その日から、奈津美《なつみ》はぱたりと笑顔《えがお》を忘《わす》れた。有市《ゆういち》の受《う》けたショックもなみたいていではなかったが、奈津美《なつみ》は重症《じゅうしょう》だった。学校では、給食《きゅうしょく》がほとんど食べられなくなった。家では、テレビもみない、マンガも読まない、ゲームもしない、ケータイも使《つか》わない。さそいにきてくれる友達《ともだち》と会おうともしなかった。

まもなく三学期《がっき》が終《お》わった。春休みになった。奈津美《なつみ》は、朝から晩《ばん》まで家のなかにとじこもって、お母さんのことを思いだしては、泣《な》いて泣《な》いて泣《な》きくらしている。一時期《じき》、仕事《しごと》を少なめにして、家に少しでも長くいてくれるようになったお父さんのはげましやなぐさめの言葉《ことば》も、あまり効果《こうか》がなかった。

有市《ゆういち》は、泣《な》きたいのはぼくだって同じなのにと思った。しかし、身《み》も心もぼろぼろになっている奈津美《なつみ》をみると、きつい言葉《ことば》もかけられない。いらいらはたまる一方だった。そのうち、お父さんはまた仕事《しごと》の世界《せかい》にもどっていってしまった。

やがて、奈津美《なつみ》の体重《たいじゅう》がどんどん減《へ》ってきた。もともとやせっぽちだった体が、みるも無残《むざん》ながいこつ体型《たいけい》になった。お父さんが心配《しんぱい》して病院《びょういん》に連《つ》れていった。栄養剤《えいようざい》の入った点滴《てんてき》を何度《ど》も受《う》けるようになった。

奈津美《なつみ》の気持《きも》ちが痛《いた》いほどよくわかるのは、有市《ゆういち》だけだった。こうなったら、自分のことはさておくしかない。奈津美《なつみ》のためになにかしてやらなければいけない。そうは思うものの、具体策《ぐたいさく》がみつからない。

あるとき、それとなく啓太《けいた》に相談《そうだん》すると、ナツを救《すく》うのはおれたちしかいないぞと、やる気をふきこまれた。それから二人は春休みのあいだじゅう、顔を合わせると決《き》まって、家のなかでひとりぽつんと過《す》ごしている奈津美《なつみ》に声をかけるようになった。

しかし、有市《ゆういち》と啓太《けいた》のさそいにも、奈津美《なつみ》の腰《こし》は重《おも》たかった。自分は女の子だし、という気持《きも》ちもあったのかもしれない。だいたい、遊《あそ》ぶ気分はすっかり色あせていたのだから。

有市《ゆういち》は奈津美《なつみ》のことを何とかしなければいけないと思ったから、自分がお母さんのことを恋《こい》しく思う気持《きも》ちは、どこかに預《あず》けておくしかなかった。とにかく啓《けい》太《た》がいてくれてよかったと、心の底《そこ》から感《かん》じた。

すぐに新学期《しんがっき》が始《はじ》まった。五年生になった有市《ゆういち》と啓太《けいた》は、また同じクラスになった。男子ではほかに倉橋浩輔《くらはしこうすけ》、大竹典人《おおたけのりと》、中島朔也《なかじまさくや》などと、有市《ゆういち》は引きつづき同じクラスになった。だが、啓太《けいた》といっしょになれたよろこびには、格別《かくべつ》のものがあった。

五月の連休《れんきゅう》の直後に、いなかのおばあちゃんが泊《と》まりがけできてくれた。お父さんのお母さんだ。今年七十一歳《さい》になるという。奈津美《なつみ》は四歳《さい》から五歳《さい》のときに、このおばあちゃんの家にまる一年、預《あず》けられていたことがある。

お母さんの葬式《そうしき》以来《いらい》、有市《ゆういち》もずっと会っていなかったおばあちゃんだった。奈《な》津美《つみ》はとびあがってよろこんだ。二人の仲《なか》のよさは、有市《ゆういち》の目からみても、半分ねたましくなるほどのものがあった。

「ごめんねナッちゃん、あれからずっとほったらかしにしてしまって。おばあちゃんのほうも、おじいちゃんが病気《びょうき》になったりして、ずっと大変《たいへん》だったのよ」

「いいんだよ、おばあちゃん。ナツ、おばあちゃんがきてくれてうれしい。これからずっといてくれるんでしょ?」

「それがねえ、一週間くらいたったら、また帰らないといけないんだ。おじいちゃんのほうがまだ、完全《かんぜん》によくなっていないから」

それでも、おばあちゃんがきてくれたことで、奈津美《なつみ》はもとの明るさをとりもどすことができそうだった。

有市《ゆういち》は少しほっとした。一方、自分と啓太《けいた》がこれまで懸命《けんめい》になって奈津美《なつみ》を立ちなおらせようと努力《どりょく》してきたのは、いったい何だったのかと、しらけた気にもなった。だったらおばあちゃんはほんとうに、どうしてもっと早くきてくれなかったんだよ。それまでひとりでずっとおさえていたお母さんへの想《おも》いが、ふたたび強くなって頭をもたげてきた。

一週間後、おばあちゃんはまたくるからねといいのこして、いなかに帰っていった。奈津美《なつみ》は、おばあちゃんにもっとずっといてほしかったのにといって泣《な》いた。有市《ゆういち》はそれほどでもなかった。

おばあちゃんはおばあちゃんだ。お母さんに代《か》わることなんて絶対《ぜったい》できない。そうじだって、洗濯《せんたく》だって、料理《りょうり》だって、有市《ゆういち》はお母さんのやり方が世界《せかい》でいちばん好《す》きだった。

少し元気をとりもどした奈津美《なつみ》と、おばあちゃんにかきまわされたけれど、家のなかにはまだお母さんのにおいが残《のこ》っていてよかったとほっとする有市《ゆういち》の五月、六月が過《す》ぎた。

「夜の公園にいって、ちょっと早めの花火を楽しもうぜ」

七月半《なか》ばの日曜日の夕方、啓太《けいた》が有市《ゆういち》の家に電話をかけてきて、いった。

「去年《きょねん》の夏、おやじに買ってもらったまま使《つか》わないでとっておいた花火を一本みつけたんだ。小さな打《う》ちあげ花火。で、ちょっとしたアイデアを思いついたってわけ」

啓太《けいた》からアイデアを耳打《みみう》ちされた有市《ゆういち》は、思わずほほ笑《え》んだ。すぐ、奈津美《なつみ》に声をかけた。きっかり一時間後、三人はマンションの近くにある夜の児童《じどう》公園に向《む》かった。お父さんはその日も、仕事《しごと》がいそがしくて、いつ帰ってくるかわからなかった。

「お母さんが死《し》んで、きょうでまる五か月になるってナツ、知ってたか？」

有市《ゆういち》がきくと、奈津美《なつみ》はうなずいた。そこで有市《ゆういち》は、ポケットから小さなメモ用紙とボールペンをとりだした。空をみあげながら、つづけた。

「あっちの世界《せかい》にいるお母さんに読んでもらうんだ。お兄ちゃんが先に書くからね」

すわっていたベンチの板《いた》の上にメモ用紙をおくと、頭のなかであらかじめ用意《ようい》していた文面《ぶんめん》をさらさらと書いた。

《お母さん。ぼくもナツも、毎日元気でやっています。なにも心配《しんぱい》しなくていいからね。空の高いところから、いつまでもぼくたちをみまもっていてください。

有市《ゆういち》》

メモ用紙のスペースが、まだ半分あいていた。有市《ゆういち》からボールペンを手わたされた奈津美《なつみ》は一瞬《いっしゅん》、体の動《うご》きをとめた。横《よこ》からのぞきこんできた啓太《けいた》が、奈津美《なつみ》の両肩《りょうかた》にやさしく手をおいて、ささやいた。

「お母さんを安心《あんしん》させてやれよ」

奈津美《なつみ》はこっくりとうなずいて、ボールペンを動《うご》かした。

《おかあさん。これまでたくさんしんぱいかけてごめんなさい。ナツはもうだいじょうぶです。おかあさんも、これからはてんごくでゆっくりはねをのばしてください。奈津美《なつみ》》

「よし、貸《か》してごらん」

奈津美《なつみ》からメモ用紙を受《う》けとった啓太《けいた》は、それを二つに折《お》り、四つに折《お》り、八つに折《お》り、十六に折《お》り、さらに小さくつぶして、打《う》ちあげ花火の筒《つつ》のなかに収《おさ》めた。それから、適当《てきとう》な場所《ばしょ》に花火の胴体《どうたい》を立てかけて、動《うご》かないようにした。

「うまく届《とど》きますように」

いって、導《どう》火《か》線《せん》にライターで火をつけた。

三人はそれぞれ一歩ずつ下がって、花火が打《う》ちあがる瞬《しゅん》間《かん》を待《ま》った。

最《さい》初《しょ》、だいぶたよりなさそうだった導《どう》火《か》線《せん》の炎《ほのお》が、いきなり激《はげ》しくなったかと思うと、コルク栓《せん》をぬいたときのような音がして、花火の筒《つつ》から明るい火柱《ひばしら》が上がった。火柱《ひばしら》は五秒《びょう》ほど上がりつづけて、それからさらに大きな爆《ばく》発《はつ》音《おん》がとどろいた。

みあげると、公園の暗《くら》い空に向《む》かって、青白い火の玉がぐんぐん上昇《じょうしょう》していくのがわかった。やがて火の玉は、青からむらさき、むらさきから黄、黄からだいだい、だいだいから赤へと色を変《か》えながら空中にとどまり、こんどは落《お》ちてくるだろうと思った瞬《しゅん》間《かん》、大きな輪《わ》になって八方に散《ち》らばった。そして消《き》えた。

だれかが拍《はく》手《しゅ》をしていた。

「あれ？　あそこにいるの中島《なかじま》か」

遠くにある暗《くら》がりのベンチに目を向《む》けて、啓《けい》太《た》がいった。有《ゆう》市《いち》と奈《な》津《つ》美《み》がふりむいたとき、そこで拍《はく》手《しゅ》をしていた小さな男の子の影《かげ》が三人に背《せ》を向《む》けた。暗《くら》闇《やみ》

AllTogetherNow

のおくへ、静《しず》かに歩きさった。それが啓太《けいた》のいうとおり、クラスメートの中島朔也《なかじまさくや》だったかどうか、確《たし》かめる手段《しゅだん》はもうなかった。

その日を境《さかい》にして、奈津美《なつみ》はお母さんを亡《な》くす前の快活《かいかつ》だった自分を、ぐんぐんとりもどしていくことになる。

夜おそく帰ってきたお父さんは、奈津美《なつみ》の表情《ひょうじょう》がこれまでにくらべてだいぶ明るくなっていることに気がついただろうか。有市《ゆういち》にはわからない。でも、お父さんの顔は、ずいぶんうれしそうだった。

「二人ともよくきけ。夏休みになったらおばあちゃんがまたしばらく、おまえたちの世話《せわ》をしにきてくれることになったんだ」

歓声《かんせい》を上げたのは奈津美《なつみ》のほうだった。有市《ゆういち》はおばあちゃんがまた、お母さんの思い出を消《け》しにくるのか、と思った。

CD《シーディー》プレーヤーの電源《でんげん》をオフにすると、有市《ゆういち》は自分の机《つくえ》の上においてある電話の子機《こき》を手にとった。奈津美《なつみ》はおばあちゃんといっしょにいられれば幸《しあわ》せなんだ。お父さんは大事件発生《だいじけんはっせい》とやらで、この二日間、ずっと帰ってきていない。無意識《むいしき》のうちに、啓太《けいた》の家の番号《ばんごう》を押《お》していた。

電話口には、待《ま》ってましたとばかりに啓太《けいた》がでた。

「おう有市《ゆういち》、調子《ちょうし》はどうだ?」

「最高《さいこう》だね、くそったれ」

「あいかわらずだな」

「啓太《けいた》のきょうの予定《よてい》は?」

「日曜日だからな。午後からおやじが水族館《すいぞくかん》に連《つ》れていくって」

啓太《けいた》はひとりっ子だ。お父さんが市役所《しやくしょ》に勤《つと》めているから、土曜日曜はたいてい家にいる。有市《ゆういち》の家とはちがって、毎週末《しゅうまつ》が、家族《かぞく》水入らずの日だ。

「いいなあ」

啓太《けいた》は有市《ゆういち》の言葉《ことば》をとりちがえた。

「だったら有市《ゆういち》もいっしょにいくか? 車だから五人は乗《の》れる。ナツもさそえるぞ」

「いや、ナツはいかないよ。いま、おばあちゃんがきてるからな。ベタベタなんだ」

「そういえば、おまえんとこおばあちゃんがきてたな。ベタベタって何だ?」

「水族館《すいぞくかん》どころじゃないってこと」

「意味《いみ》わかんねえ。まあいいか、なら有市《ゆういち》だけでもこないか？　おやじとおふくろと三人きりなんて、ぜんぜんおもしろくなくて」

有市《ゆういち》はちょっと心が動《うご》いたが、おばあちゃんに、いってもいいかときくのはいやだった。たぶんおばあちゃんは、いいとはいわないだろう。おばあちゃんにとって、家にお父さんがいる日曜日は、家族《かぞく》水入らずで過《す》ごすべき日なのだ。どこの家だって同じだ。いくら友達《ともだち》でも、それをじゃましてはならない。

そんなことといっても、有市《ゆういち》の家には家族《かぞく》水入らずの日なんて、これまでほとんどなかった。お父さんが例《れい》のとおりの仕事《しごと》人間だからだ。お母さんが生きていたときからずっと、日曜日や休日で、お父さんが家にいる日はめったになかった。

「いや、いいんだ。ぼくちょっと、ひとりでいくところがあるから」

いくところなんて、どこにもなかった。啓太《けいた》と二人きりになりたかった。でも、言葉《ことば》が勝手《かって》に口をついてでていた。

「ひとりでって、どこいくんだよ？　なあ有市《ゆういち》、水族館《すいぞくかん》いこうぜいっしょに」

「そのうちね」

有市《ゆういち》は通話を一方的《てき》に切った。自分でもやっていることが、どこかぎごちないのがわかる。きょうのぼくはどうしちゃったんだろう？　少し待《ま》ったけれど、啓《けい》太《た》から電話がかけなおされてくることはなかった。

だれかが部屋《へや》のドアをノックした。

「有市《ゆういち》、メロンを食べにこない？　よく冷《ひ》えているのを切ったから」

おばあちゃんだった。

「いらない。ぼく、これからでかけるから」

「でかけるって、どこへ？」

「サイクリング」

口からでまかせだ。

「まあ、だれかといっしょにいくの？」

「ひとりに決《き》まってるでしょ」

いいながら、ドアのところでおばあちゃんとすれちがった。

「外は暑《あつ》いよ。ぼうしをかぶっていきなさい。どこまでいくの？」

いちいちうるさいなあ。どこまでいくかなんて、まだ決《き》めていない。有市《ゆういち》は答えるのをやめて、玄関《げんかん》にとびだした。

「お兄ちゃん、どこいくの?」

こんどは奈津美《なつみ》がきいてきた。

「ちょっと気晴らし。すぐ帰ってくるから、いい子で待《ま》ってろよ」

ほんとうは、おばあちゃんと奈津美《なつみ》の仲間《なかま》になりたくないだけだ。奈津美《なつみ》だって、お母さんを亡《な》くした当初《とうしょ》は、あんなにがっくり落《お》ちこんでいたのに。いまじゃすっかり、おばあちゃんがお母さん代《が》わりじゃないか。有市《ゆういち》は心に決《き》めた。ぼくは絶対《ぜったい》、おばあちゃんのお母さん代《が》わりなんて認《みと》めるものか。

自転車《じてんしゃ》のカギを手に家をでた有市《ゆういち》は、エレベーターで六階《かい》から一階《かい》までノンストップで降《お》りた。一階《かい》につくと、いやでも集合《しゅうごう》ポストの近くのフロアに目がいってしまう。あの朝、お母さんはそこに倒《たお》れていたのだった。有市《ゆういち》はお母さんの耳に口を近づけて、お母さん、ねえ起《お》きてよ、お母さん、目をあけて、目をあけてよと、いつまでも呼《よ》びつづけていたのだった。いまでもときどき、そのときの光景《こうけい》を夢《ゆめ》にみてうなされることがある。

あと数分で、午前八時半になるところだった。夏休みの日曜日だ。こんな時間に、どこかへでかけようとする人は少ない。有市《ゆういち》はホールを横切《よこぎ》って、マンションの建物《たてもの》から少し離《はな》れた場所《ばしょ》にある自転車《じてんしゃ》おき場に向《む》かった。

空をあおげば快晴《かいせい》だ。日ざしはまだ本格的《ほんかくてき》ではないが、これから気温《きおん》もぐんぐん上がってくるだろう。そこで有市《ゆういち》は、ぼうしをかぶってこなかったことに気がついた。いまさらとりにもどる気はない。まあいいか。そんなに遠くまでいくつもりはなかった。ぼうしをかぶらなくてもいけるところまで、とにかくいってみよう。

サドルにまたがると、いきなりアイデアがひらめいた。天から降《ふ》ってきたんじゃないかと思われた。お母さんに会いにいこう。どうしてこんな気のきいたこと、思いつかなかったんだろう。有市《ゆういち》は小さくガッツポーズをした。

お母さんがねむっている市営霊園《しえいれいえん》は、有市《ゆういち》の住《す》むマンションからバスで八駅《えき》ほどの距離《きょり》にあった。自転車《じてんしゃ》でいったことはまだなかったが、車だと二十分くらいでついた。できたばかりの新しい霊園《れいえん》だ。

お母さんが死《し》んだのが二月。霊園《れいえん》が募集《ぼしゅう》を始《はじ》めたのが四月。抽選《ちゅうせん》に当たったのが六月だった。翌《よく》七月には、お母さんの骨《ほね》はもう、霊園《れいえん》の芝生墓地《しばふぼち》に納《おさ》められていた。まるでお母さんが、神様《かみさま》にとりはからってもらって、その場所《ばしょ》をみごと自分のものにしたみたいな、とんとん拍子《びょうし》ぶりだった。

マンションの敷地《しきち》から自転車《じてんしゃ》で外に走りだすときは、とにかく注意《ちゅうい》が必要《ひつよう》だ。すぐ目の前を、交通量《りょう》の多い車道がのびている。歩いていく場合は、ガードレールで守《まも》られた歩道がある。しかし自転車《じてんしゃ》だと、はばのせまい歩道がなかなか走れない。だから、車道に直接《ちょくせつ》走りでてしまうことが多い。

そのときの有市《ゆういち》は、あたりにまったく注意《ちゅうい》をはらっていなかった。お母さんに会いにいこうという、いきなりひらめいたグッドアイデアに夢中《むちゅう》になっていた。自転車《じてんしゃ》は、マンションの敷地《しきち》からつづいている短《みじか》い坂道《さかみち》を一直線に走りおえた。気がついたときはもう、車道にとびだしていた。

「危《あぶ》ない！」

だれかの声がした。マンションのすぐそばを流《なが》れる大川《おおかわ》の橋《はし》のたもとで、ときどきみかけることがあるホームレスのおじさんの声だったかもしれない。

背後《はいご》からおそろしい勢《いきお》いで、エンジンのとどろきが迫《せま》ってくるのがわかった。フロントガラスが風を切る音がする。まるで、腹《はら》をすかせた野獣《やじゅう》がえじきめざして突進《とっしん》してくるかのように。だが、そうしたことを意識《いしき》したのは、ほんのつかのまだった。

魔女《まじょ》が上げる断末魔《だんまつま》の悲鳴《ひめい》のようなブレーキ音がひびきわたった。どすん、という衝撃《しょうげき》が、有市《ゆういち》を自転車《じてんしゃ》ごと空中へつきとばした。おそろしく高く、青い空だ。人間ロケットにでもなった気分。だが、その解《と》きはなたれたような浮遊感《ふゆうかん》はいつまでもつづかなかった。

やがて青空のまわりから、漆黒《しっこく》の闇《やみ》がしみだしてきた。闇《やみ》は青空をどんどん食いつぶしていった。ついには、有市《ゆういち》の視界《しかい》いっぱいをさえぎった。有市《ゆういち》は闇《やみ》になった。

## 2　もう一つの世界《せかい》

闇《やみ》が晴れたとき、有市《ゆういち》はサドルにまたがって、まだ自転車《じてんしゃ》をこいでいた。心臓《しんぞう》の鼓動《こどう》が高まっている。たったいま、マンションの敷地《しきち》から車道にでたときだ。スピードをだして走ってきた乗用車《じょうようしゃ》に、あやうく追突《ついとつ》されそうになったのだった。乗用車《じょうようしゃ》は、魔女《まじょ》が上げる断末魔《だんまつま》の悲鳴《ひめい》のようなブレーキ音をたてて減速《げんそく》した。ボンネットが、サドルにまたがる有市《ゆういち》のしりをすくいあげるぎりぎりのところで、進行方向《しんこうほうこう》右側《がわ》にずれた。クラクションがなりひびいた。こぶし一つ分のすきまをあけたまま、自転車《じてんしゃ》の有市《ゆういち》をぬきさっていった。

危《あぶ》ないところだった。午前の太陽《たいよう》をはねかえして、その後ろ姿《すがた》をぐんぐん小さくしていく乗用車《じょうようしゃ》をみおくりながら、有市《ゆういち》は思った。あの車にはねとばされていたら、とんでもない事故《じこ》になっていたはずだ。かすり傷程度《きずていど》ではすまされない。へたをしたら、死《し》んでいたかもしれない。

有市《ゆういち》は車が立てつづけにとおりすぎていく車道の左はしを、そのまま五十メートルくらい慎重《しんちょう》に進《すす》んでから、いきなりはばが広くなった歩道に車輪《しゃりん》を乗《の》りあげた。ここから先は、ガードレールが守《まも》ってくれる。後ろから走ってくる車にはねとばされる危険《きけん》より、前をいく歩行者《ほこうしゃ》をこちらがはねとばさないように気をつけなければならない。

とにかく、お母さんに会いにいこう。

有市《ゆういち》は改《あらた》めて思った。

しばらくいった先にある十字路《じゅうじろ》を左折《させつ》して、ゆるやかな坂道《さかみち》を海のほうにずっと降《お》りていく。やがてつきあたる大きなバイパスの信号《しんごう》をわたって、右折《うせつ》だ。そこからは、かなたに横《よこ》たわる海を左手にみながら、快適《かいてき》な自転車専用道路《じてんしゃせんようどうろ》がつづいている。ぜんぶで約《やく》三十分といったところか。

お母さんは、海の近くの市民病院《しみんびょういん》にいた。二月にクモ膜下出血《まくかしゅっけつ》というおそろしい病気《びょうき》で倒《たお》れて、九死《きゅうし》に一生《いっしょう》を得《え》る大きな手術《しゅじゅつ》をしたのだった。それからは、ずっと入院《にゅういん》生活がつづいている。

「ぼく、お母さんに会ってくる。だれもいっしょにこなくていいからね。きょうはひとりでいってくるんだ」

居間《いま》のテーブルで、これからメロンを食べようとしていたおばあちゃんと奈津《なつ》美《み》には、捨《す》てぜりふのようにきこえたかもしれない。

「どうしてよ。午後になってから、みんなでいくんじゃなかったの」

奈《な》津《つ》美《み》がくちびるをとがらしているのが、顔をみなくてもよくわかる。

「いまはまだ、面会《めんかい》時間じゃありませんよ」

おばあちゃんも、声を重《かさ》ねる。

面会《めんかい》時間なんて関係《かんけい》ないよ。ぼくはいますぐお母さんに会って、きかないといけないことがあるんだ。有市《ゆういち》は返事《へんじ》もしないで、自転車《じてんしゃ》のカギを手にとった。玄《げん》関《かん》のドアをあけ、マンションの共用《きょうよう》ろうかへとびだした。

こんなことになったそもそもの始《はじ》まりは、ついさっき、有市《ゆういち》が自分の部屋《へや》からなにげなくかけた啓太《けいた》への電話だった。

「おう有市《ゆういち》、調子《ちょうし》はどうだ?」

「最高《さいこう》だね、くそったれ」

「あいかわらずだな」

「ぼくいま、朝ごはん食べおわったところ。これからCD《シーディー》でもきこうかって思ってたんだけど、そっちの予定《よてい》は？」

「日曜日だからな。午後からおやじが水族館《すいぞくかん》に連《つ》れていくって」

「水族館《すいぞくかん》か、いいな」

啓太《けいた》の声がきらめいた。

「だったら、いっしょにいくか？　正午に出発《しゅっぱつ》して、つくのが一時ごろ。あっちでお昼ごはん食べるんだ。車でいくから有市《ゆういち》だけじゃなくてナツも乗《の》れるぞ」

グッドアイデアだと思った。

「よし、おばあちゃんにきいてみる」

「そうか。おまえんち、おばあちゃんがきてたんだっけ。ならおばあちゃんもさそうか。待《ま》てよ、そんなにたくさんは乗《の》れないな」

「おばあちゃんまではいいよ。いくとしたらぼくとナツの二人か、ぼくだけだ」

「わかった。じゃあ、おばあちゃんにきいてみてくれ。こっちはおやじにきいてみる」

「わかった、じゃあ、また電話する」

有市《ゆういち》はおばあちゃんのところに走った。

おばあちゃんは啓太《けいた》のことも、その両親《りょうしん》のことも、あまりよく知らなかった。近所《きんじょ》に住《す》んでいる有市《ゆういち》のクラスメートくらいの認識《にんしき》しかない。なにしろ、この家に泊《と》まりがけで手伝《てつだ》いにきてから、一週間しかたっていないのだから。それまではいなかで、具合《ぐあい》の悪《わる》かったおじいちゃんにつきっきりの看病《かんびょう》をしていた。だからこんなふうにいうのだ。

「こっちから電話をかけなければ、啓太《けいた》くんが水族館《すいぞくかん》にいくことは、わからなかったんでしょ。おさそいを受《う》けたってことにはならないわよ。お父様《とうさま》がせっかくのお休みで、家族《かぞく》水入らずで過《す》ごそうとしているのだから。ごめいわくをかけることになるわ。できれば遠慮《えんりょ》しておいたほうがいいんじゃないの」

「だいじょうぶだよ。啓太《けいた》は親友なんだ。お父さんもお母さんも、とてもいい人だし。どうだ、ナツもいくか?」

有市《ゆういち》がきくと、奈津美《なつみ》は答えた。

「水族館《すいぞくかん》ね。わーい、夏休みになったらいきたいって思ってたんだ。おばあちゃんもいっしょにいっていいんでしょ?」

「啓太《けいた》んところの車でいくんだ。おばあちゃんの乗《の》るスペースはないみたい」

「何だ、おばあちゃんはだめなのか」

奈津美《なつみ》はくちびるをかんでちょっと考えてから、首を横《よこ》にふった。

「だったら、ナツもいかない」

これで有市《ゆういち》の立場がぐっと悪《わる》くなった。どうしておばあちゃんがいかなかったらナツもいかないんだよ。すごく不満《ふまん》だ。

おばあちゃんが声を重《かさ》ねた。

「おばあちゃんのことは気にしなくていいんだよ。だけど、家族《かぞく》水入らずのじゃまをするのはやっぱりよくないと思うね」

有市《ゆういち》は、自分も奈津美《なつみ》も啓太《けいた》の家族同様《かぞくどうよう》の存在《そんざい》なのだということを、おばあちゃんにわかってもらいたかった。あれやこれやと、これまでのおたがいの家族《かぞく》どうしの交流《こうりゅう》も話してきかせたが、わかってもらえなかった。とうとう、こんなせりふが口をついてでた。

「ふん。お母さんだったら、絶対《ぜったい》いかせてくれるのに」

「はいはい。だけど、いまはおばあちゃんが有市《ゆういち》たちのお母さんなんだからね」

「じょうだんやめてよ。おばあちゃんがお母さんだなんてあるもんか。ぼく、いまからお母さんに会ってくる」

とうとうたどりついた市民病院《しみんびょういん》で、自転車《じてんしゃ》を駐輪場《ちゅうりんじょう》においてしっかりカギをかけると、有市《ゆういち》は歩きだした。時刻《じこく》は午前九時をまわっている。アスファルトの照《て》りかえしが強い。

きょうは日曜で休診日《きゅうしんび》だった。広い駐車場《ちゅうしゃじょう》はがらがらだ。海からふく風が、もんわりと生《なま》あたたかくてしめった空気を運《はこ》んでくる。

有市《ゆういち》は表玄関《おもてげんかん》から建物《たてもの》のなかに入ったが、いつもこみあっている総合待《そうごうま》ちあい室にも、人の影《かげ》がほとんどない。入院患者《にゅういんかんじゃ》らしい男の人が、松葉《まつば》づえをつきながら自動販売機《じどうはんばいき》に小銭《こぜに》を入れて、缶《かん》コーヒーを買っている。

お母さんに面会《めんかい》するために、いつも使《つか》っているエレベーターの前には、看板《かんばん》が立っていた。こう書いてある。

【お願《ねが》い　入院患者様《にゅういんかんじゃさま》への面会《めんかい》は、平日《へいじつ》午後3時~8時、休診日《きゅうしんび》正午~午後8時。病棟《びょうとう》内では大声での会話や飲食行為《いんしょくこうい》、携帯《けいたい》電話の通話など、ほかの患者様《かんじゃさま》の

めいわくになる行為《こうい》はおひかえください。時間厳守《げんしゅ》のこと。院長《いんちょう》】

最後《さいご》にある「時間厳守《げんしゅ》のこと」が、胸《むね》にずしりとひびく。でも有市《ゆういち》は、でなおしてくる気にはなれなかった。そんなことをしたら、おばあちゃんにそれみたことかと笑《わら》われる。奈津美《なつみ》にもばかにされる。じょうだんじゃないや。いまこの時間だって、お母さんは病室《びょうしつ》にいるのだから。一目会えればいい。会って、啓太《けいた》の家族《かぞく》といっしょに水族館《すいぞくかん》にいってもいいといってもらえれば、それで十分だ。

エレベーターの「△」のボタンを押《お》してしばらく待《ま》つと、「B1《ビー》」にとまっていた箱《はこ》が上ってきて、ドアが左右にひらいた。有市《ゆういち》はだれも乗《の》っていない広々とした箱《はこ》に乗《の》りこむと、操作《そうさ》パネルの「7」のボタンと「閉《へい》」のボタンを連続《れんぞく》して押《お》した。

まっすぐ七階《かい》まで上っていったエレベーターのドアがひらいた。有市《ゆういち》はナースステーションの前を足早にとおりすぎた。医者《いしゃ》や看護師《かんごし》など病院関係者《びょういんかんけいしゃ》にみつかって、なにかいわれたくなかった。こんな時間にどこへいくんですか？　まだ面会《めんかい》時間じゃありませんよ。時間厳守《げんしゅ》してくださいね。なるべくきょろきょろしないで、ろうかをまっすぐ歩いた。だれも声をかけてくる者《もの》はいなかった。

お母さんの病室《びょうしつ》は、七階《かい》の七一三号室《ごうしつ》だった。四人部屋《べや》の、窓際《まどぎわ》の右側《がわ》のベッドだ。すべてのベッドはベージュのカーテンで仕切《しき》られているので、そこにねている患者《かんじゃ》がカーテンをあけっぱなしにしていない限《かぎ》り、だれがねているかはわからない。

有市《ゆういち》はお母さんのベッドのカーテンに手をかけた。すきまを作って、そっとのぞきこんだ。それまでねむっていたのかもしれない。目をとじていたお母さんが、こちらの気配《けはい》を察《さっ》したようだ。ぱっと目をあけて、いった。

「有市《ゆういち》ね」

いきなり顔をみせてびっくりさせてやろうと思っていたのに、あっさりと正体を知られてしまった。でもいいか。有市《ゆういち》はそのまま、ベッドのわきに足を進《すす》めた。お母さんの顔を横《よこ》からのぞきこむ。

「お母さん」

「面会《めんかい》時間には少し早いみたいだけど、きてくれたのね」

「うん。どうしてもききたいことがあったから。元気？」

「もうすっかりいいのよ、どこもかしこも。あとちょっとで退院《たいいん》させてもらえそう」

いってお母さんは白い歯《は》をみせて笑《わら》った。

「よかった」

いって有市《ゆういち》も笑《わら》った。

「あなたひとりだけ？」

「うん」

「じゃあ、自転車《じてんしゃ》できたのかしら」

「そうだよ」

マンションの敷地《しきち》から車道にとびだそうとしたとき、あやうく車にはねられそうになったことは、心配《しんぱい》させてはいけないと思っていわないことにした。

「おばあちゃんのいうこと、ちゃんときいていい子にしてる？」

「まあね」

お母さんは有市《ゆういち》の顔をまじまじとみた。やれやれ、とつぶやいた。

「おばあちゃんとなにかあったのね」

さすがはするどい。

「どうしてわかるの？」

「顔に書いてあるわ」

とっさに有市《ゆういち》は顔に手をやった。どこかに鏡《かがみ》はないかと探《さが》した。それから、自分のことをばかだなと思った。

「けんかしたの？」

そうだったかな。有市《ゆういち》は思いだそうとしたが、できなかった。

「あれ、おかしいな」

「なにがおかしいの？」

「けんかしたのかもしれないけど」

理由《りゆう》が思いだせない。

「ぼくね」

有市《ゆういち》は記憶《きおく》の底《そこ》を探《さぐ》るようにして、言葉《ことば》を一気にならべたてた。

「おばあちゃんとけんかしたわけじゃないと思うんだ。ただ、おばあちゃんが家にきてくれて、もうずいぶんたつよね。おばあちゃんは毎日、ぼくや奈津美《なつみ》のためにお母さん代《が》わりになってがんばってくれてる。でも、たとえばおばあちゃんのそうじのし方、お母さんとはぜんぜんちがうんだ。そうじ機《き》でバルコニーのゴミまで吸《す》っちゃうんだよ。お母さんはそんなこと、しないよね」

「バルコニーのゴミはそうじ機《き》で吸《す》うんじゃなくて、ホウキとチリトリを使《つか》ってもらいたいな。でも、おばあちゃんのお家《うち》はいなかの一軒家《いっけんや》で、バルコニーはないけど縁側《えんがわ》があるでしょ。マンションのバルコニーは縁側《えんがわ》みたいなものだって思ってるのかもしれないわよ」

お母さんにいわれると、有市《ゆういち》はみょうに納得《なっとく》の気持《きも》ちになってしまう。

「じゃあ、洗濯《せんたく》のし方はどう？　洗《あら》い方もお母さんみたいにこまかく分けないで、シャツもパンツもくつ下も洗濯機《せんたくき》にいっしょくたに投《な》げこんでるみたいだよ。それに、干《ほ》し方だって、ハンガーをぜんぜん使《つか》わないんだ。どれもこれも洗濯《せんたく》ばさみのオンパレード」

「男の子のくせに、ずいぶんこまかいところまでチェックしてるのね。いいじゃない、それがおばあちゃんのやり方なんだから。洗《あら》ってもらってるあなたに文句《もんく》はいえないわ。ほんとのことというと、そんなこと有市《ゆういち》にとって、どうでもいいことなんじゃないかしら」
ずばりと指摘《してき》されたので、少し顔を赤らめる。でも、いいたいことはいってお
かないとだめだ。有市《ゆういち》はつづける。
「絶対《ぜったい》がまんできないのは、おばあちゃんの卵焼《たまごや》きと、おみそ汁《しる》なんだ。卵焼《たまごや》き
は砂糖《さとう》の使《つか》いすぎで、あまったるくて胸《むね》がむかついてくる。おみそ汁《しる》は、味《あじ》が薄《うす》
すぎて、お湯《ゆ》を飲《の》んでるみたいなんだよ」
「オーバーな子ね。おばあちゃんの卵焼《たまごや》きとおみそ汁《しる》は、お父さんの大好物《こうぶつ》だと
思うな。だってお父さん、子どものころからおばあちゃんのあの味《あじ》でずっと育《そだ》っ
てきたんだから」
「でもぼく、卵焼《たまごや》きもおみそ汁《しる》も、お母さんが作ってくれるのがいちばん好《す》き
だ」
「ありがとう、有市《ゆういち》。お母さん、そういってもらえるとうれしいわ」
いってお母さんは毛布《もうふ》からそろそろと手をのばす。目の前にある有市《ゆういち》の手をに
ぎる。有市《ゆういち》もぎゅっとにぎりかえした。あたたかい。
それから有市《ゆういち》は、へんだなと思う。ぼくはおばあちゃんのそうじや洗濯《せんたく》や料理《りょうり》

のし方について、どうしてこんな文句《もんく》をならべているんだろう。そんなことは、さっきお母さんがちらっと口にだしたけれど、ほんとうはどうでもいいことだった。いまの有市《ゆういち》にとって大切なのは、自分がお母さんのそばにこうしていられること、それだけだった。

「それで有市《ゆういち》、お母さんにどうしてもききたいことがあったんでしょ？」

「あ、そうだった」

有市《ゆういち》はお母さんにきかれてようやく、ここにひとりでやってきた理由《りゆう》を思いだした。

「けさなんだけど。啓太《けいた》がいっしょに水族館《すいぞくかん》にいかないかってさそってくれたんだ」

「まあ、よかったわね」

お母さんは、自分のことのように目をかがやかせてくれた。思ったとおりだ。

「でも、おばあちゃんが、いっしょにいったらだめだっていうの」

「あら、どうして？」

「啓太《けいた》んところの、家族《かぞく》水入らずをじゃましちゃいけないって」

「まあ、そんなことないのに。なんて、お母さんがいったらしかられちゃうかな」

お母さんのひとことに、有市《ゆういち》は天にもまいあがりそうになる。

「だれもしからないよ。啓太《けいた》んところとは、家族同様《かぞくどうよう》のつきあいなんだから」

お母さんはうなずく。

「おばあちゃんは、うちのマンションで暮《く》らしはじめて一週間でしょ。啓太《けいた》くんところのご両親《りょうしん》をまだよく知らないから、きっとそうとしかいえなかったのよ」

「うん。ぼくもそう思う」

「いってらっしゃいな。うちはお父さんがいつもいそがしくて、家族《かぞく》そろってどこかにいくってことがなかなかできないし。お母さんもごらんのとおり、こうして入院中《にゅういんちゅう》だし。啓太《けいた》くんのご両親《りょうしん》には、あとでお母さんが、病院《びょういん》から電話しておいてあげてもいいわよ」

「やったあ」

有市《ゆういち》はおどけたかっこうを交えて、ガッツポーズをしてみせた。やっぱり、お母さんに会いにきて、ほんとうによかった。すると、おばあちゃんがいかないなら自分もいかないといいだした奈津美《なつみ》のことさえ、何だかかわいそうに思えてくるのだった。

お母さんはにぎる手に力をこめて、いった。

「だいじょうぶ。もうすぐお母さん、すっかり元気になってお家《うち》に帰るから。そのときは、おばあちゃんとバトンタッチよ。あと数日のことだと思うな。有市《ゆういち》はそれまで、おばあちゃんのこと、大事《だいじ》にしてあげてちょうだいね」

手を離《はな》した。

「だっておばあちゃん、お家《うち》でずっとめんどうみていたおじいちゃんが亡《な》くなって、まだ一か月もたってないんだから」

そうだった。いなかのおじいちゃんが長わずらいの末《すえ》、とうとう自宅《じたく》で息《いき》を引きとったのは七月下旬《げじゅん》のことだった。お父さんも仕事《しごと》を数日休んで、いろいろと手伝《てつだ》った。それでも役所《やくしょ》への届《とど》け出から始《はじ》まって、葬式《そうしき》の香典返《こうでんがえ》しやら医療費《いりょうひ》の精算《せいさん》やら、しなければならないことが山ほどあった。それらを一つひとつ、きちんとすませてから、おばあちゃんは夏休みが始《はじ》まったばかりの有市《ゆういち》たちのところに乗《の》りこんできてくれたのだった。

有市《ゆういち》はベッドのまくら元においてある、お母さんの目覚《めざ》まし時計に目をやった。あっというまに時間がたっていた。まもなく午前十時になるところだ。もう一時間近くも、この病室《びょうしつ》にいたことになる。

「それじゃ、またくるね」

ほんとうは、いつまでもずっとお母さんのそばにいたかった。さあ、もうそろそろ帰りなさいと、お母さんの口からいわれるまで。でも、いまは面会《めんかい》時間ではなかった。いつ、いきなり医者《いしゃ》や看護師《かんごし》が診察《しんさつ》やみまわりでやってくるかもわからない。有市《ゆういち》がおこられたら、お母さんもかわいそうだ。

さあ、帰ろう。午後になったら、またくればいい。奈津美《なつみ》はずるいっていうかもしれないな。でも、いまは帰ろう。どこへ？　家に決《き》まってる。とにかく有市《ゆういち》は、帰らなければいけなかった。

お母さんに軽《かる》く手をふると、ベッドを仕切《しき》っているベージュのカーテンをもとの位置《いち》にもどして、まわれ右した。病室《びょうしつ》をでてろうかを歩く。エレベーターに向《む》かっているとき、横合《よこあ》いからいきなり声をかけられた。

「有市《ゆういち》くんだね」

足をとめてふりあおぐと、どこか都会的《とかいてき》センスのあふれた、青っぽい服《ふく》に身《み》を包《つつ》んだ男が立っていた。医者《いしゃ》だろうか。背《せ》が高く、肩《かた》はばも広くてがっちりしている。

「お母さんに会ってきたのかな」

「あ、はい。すみません」

いきなり謝《あやま》ってしまった。いまはまだ面会《めんかい》時間ではないのに、規則《きそく》を破《やぶ》ったことをしかられると思ったからだ。ところが、男は笑顔《えがお》をうかべている。

「謝《あやま》らなくてもいいさ。じつをいうとこの世界《せかい》で、いつきみに声をかけようか、ずっと機会《きかい》をうかがっていたんだ」

「この世界《せかい》で？」

男のいい方が奇妙《きみょう》だったので、有市《ゆういち》はその奇妙《きみょう》に思われた部分《ぶぶん》をくりかえした。

「そう、この世界《せかい》でだ。少し話が長くなるかもしれないが、きいてくれないか」

いって、男はナースステーションの近くにおいてある長いすに有市《ゆういち》をいざなった。

二人ならんで腰《こし》をかけたとき、有市《ゆういち》はおかしなことに気がついた。ナースステーションに看護師《かんごし》がひとりもいない。それだけではなかった。ろうかにも人っ子ひとりいない。病棟全体《びょうとうぜんたい》が、ゆうれい船の甲板《かんぱん》みたいにひっそりと静《しず》まりかえっているのだった。

# 3　ソーマという男

「まずは、自己紹介《じこしょうかい》をしないといけないだろうね。といっても、わたしには有市《ゆういち》くんのような名前がついていない」

有市《ゆういち》は目を丸くしていいかえした。

「うそでしょ、名前がないなんて」

「そうだね。いきなりそんなことをいわれたら、とまどってしまうね。だったらわたしのことは、ソーマと呼《よ》んでくれるかな」

発音《はつおん》が、どこかおかしかった。

「ソーマ？」

何だ、ちゃんと名前があるじゃないか。

「ソーマさんはお医者《いしゃ》さんでしょ。だったらソーマ先生か。でも、そんなかっこいい服《ふく》を着《き》た先生、初《はじ》めてみました」

「いいや、わたしは医者《いしゃ》ではない。だから、先生はつけなくていい。わたしはただのソーマだ。さん、もつける必要《ひつよう》はない」

「ただのソーマ」

「そのとおり。なにをしている者《もの》かときかれたら、人間の夢《ゆめ》や欲望《よくぼう》が作りだしている世界《せかい》をあるがままに観察《かんさつ》して、あるべきものをあるべき場所《ばしょ》に運《はこ》んだり、もどしたりしている。それがソーマだ」

いってる意味《いみ》がよくわからない。ただ、ソーマというのは、佐藤《さとう》さんや田中《たなか》さんみたいな名前ではないらしい。どちらかといえば、ねこや犬といった言葉《ことば》のひびきなのかもしれない。そのソーマが世界《せかい》を観察《かんさつ》しているのだという。

「世界《せかい》っていうと、日本《にほん》とかアメリカとか、フランスとか中国《ちゅうごく》とか……」

いいだしてすぐ、有市《ゆういち》は自分のことをばかじゃないかと思った。そういうのは世界《せかい》といっても外国のことだ。ここでいっている世界《せかい》とは、かなりちがうみたいだ。

「知ってるかい、有市《ゆういち》くん。ひとことで宇宙《うちゅう》というけれど、この宇宙《うちゅう》と呼《よ》ばれるところの宇宙《うちゅう》は、じつをいうと星の数ほどたくさんある。その種類《しゅるい》もさまざまなんだ」

「うーん」

有市《ゆういち》はまゆにしわを寄《よ》せた。

「ごめんごめん。最初《さいしょ》から混乱《こんらん》させてしまったな。もっと身近《みぢか》なことから話していこう」

ソーマは長い足を組んで、つづけた。

「いいかい。わたしがなぜ有市《ゆういち》くんのことを知っているかというと、有市《ゆういち》くんはこの世界《せかい》にとって特別《とくべつ》の存在《そんざい》だからだ」

「ぼくが、特別《とくべつ》の存在《そんざい》?」

「そうだ。さっきいったように、人間が作った世界《せかい》を観察《かんさつ》するわたしにとって、いまここにあるこの世界《せかい》は、いずれその存在《そんざい》が消《き》えてなくならなければいけない、仮定《かてい》の延長《えんちょう》の世界《せかい》なんだ。仮定《かてい》というのは、もしかしたらこうなるかもしれない、あるいは、もしかしたらこうなったかもしれない、というい方ができる。裏《うら》を返《かえ》せば、ほんとうはそうならない、あるいは、ほんとうはそうならなかったという意味《いみ》もふくんでいるわけだ。あるはずのない世界《せかい》、といえばいいかな」

「それが、この世界《せかい》?」

「有市《ゆういち》くんがいまいる、この世界《せかい》だ」

「ほんとうはそうならなかった、あるはずのない世界《せかい》?　いずれは消《き》えてなくならなければいけないっていったよね」

「そういうことだ。なぜならいまのこの世界《せかい》にとって、きみは特別《とくべつ》の存在《そんざい》だって、さっきいっただろ。どういうことかといえばだ」

ソーマはそこで有市《ゆういち》をのぞきこむように、顔を近づけた。外国人の俳優《はいゆう》みたいに端正《たんせい》で、彫《ほ》りが深《ふか》い。二重《ふたえ》まぶたの下にある目は、海でとれた宝石《ほうせき》のような光を放《はな》っている。ためらいもなく、いった。

「いま、わたしたちがいるこの世界《せかい》を作ったのは有市《ゆういち》くん、きみだからさ」

「ぼくが?」

有市《ゆういち》はとおりすがりの知らない相手《あいて》に、いきなり張《は》り手と頭《ず》つきをつづけざまに食らわされたみたいなショックを受《う》けた。ぼくがこの世界《せかい》を作っただって?うそでしょ。

「まさか」

それだけいうのが精《せい》いっぱいだ。

もしかしたら、自分のことを世界《せかい》の観察者《かんさつしゃ》だなんて呼《よ》んでいるこのおじさん、ここのところつづいている暑《あつ》さのせいで頭のネジがゆるんでしまったのかもしれない。にげるならいまだ。有市《ゆういち》はとっさにそこまで思ったが、長いすからしりが上がらなかった。

「おどろくのもむりはないだろう」

ソーマは落《お》ちついた声でいった。

「きみはたしかにこの世界《せかい》を作った張本人《ちょうほんにん》だが、自分で世界《せかい》を作ったなんていう自覚《じかく》はこれっぽっちもない。あくまでもきみは、このたちまちにしてできあがった世界《せかい》の、ほんのちっぽけな一部《いちぶ》だとしか思っていない。なぜなら、きみはこの世界《せかい》を作ったとき、これからそこで生きていくきみ自身《じしん》のことを世界《せかい》を支配《しはい》する偉大《いだい》な存在《そんざい》としてではなく、世界《せかい》に支配《しはい》される名もない無数《むすう》の小さな存在《そんざい》の一つとして考えたからさ」

「でも、そんなことといわれても」

「困《こま》るっていうんだろ。わかるよ。だが、これはほんとうのことだ。たいていの人間が同じような世界《せかい》の作り方をする。といっても、きみにはまだほとんどなにもわかっていないみたいだから、ここで一つ、これまでのことをさかのぼって確《かく》認《にん》していこうじゃないか」

「はい」

「よろしい。小学生らしい前向《む》きな返事《へんじ》がやっとできたみたいだな」

ほめられたのかもしれないが、あまりうれしくない。それより有市《ゆういち》は、ソーマがこれからなにをいいだすのか、全身《ぜんしん》を耳にした。

「さて、きみがこの世界《せかい》を作りだしたそもそものきっかけだが、いまでもよく覚《おぼ》えているはずだ。きょう、きみが自転車《じてんしゃ》に乗《の》ってマンションの敷地《しきち》から車道にとびだしたとき、なにがあったかな？」

有市《ゆういち》はもちろん、しっかり覚《おぼ》えていた。車道を後方から猛《もう》スピードで走ってきた乗用車《じょうようしゃ》に、あやうく追突《ついとつ》されそうになったのだった。

「危《あぶ》ないところでした。車道にでるのがあと一秒《びょう》でもおくれてたら、どうなってたかわかりません」

ソーマは、ひげがうっすらと生えたあごをふむふむとうなずかせてから、いった。

「まさにそのときだったのさ。きみがこの世界《せかい》を作ったのは」

「え」

「もちろん、ふつうの状態《じょうたい》にある人間には、なかなかそんなまねはできない。でも、そのときのきみには、それができたんだ。なぜだと思う？」

有市《ゆういち》は首をかしげて相手《あいて》をみる。

「本来の世界《せかい》にいたきみは、あの場所《ばしょ》で後ろから走ってきた乗用車《じょうようしゃ》に追突《ついとつ》されて、自転車《じてんしゃ》ごと空中にはねとばされたんだ。それがきっかけだったのさ。きみの心の底《そこ》にたまっていたいちばん大きな願《ねが》いが解《と》きはなたれたのは」

「いちばん大きな願《ねが》いって」

「いわなくてもわかっているはずだ。お母さんだよ。……それにしても、悲惨《ひさん》だった」

ソーマは、事故《じこ》のすべてをその目でみていたかのようにくわしく、話してきかせた。

有市《ゆういち》は自転車《じてんしゃ》のサドルにまたがったかっこうのまま、空中をゆうに二十メートルはとばされたという。それから、前方のアスファルトの道路《どうろ》にまっさかさまにたたきつけられた。はねた乗用車《じょうようしゃ》が急《きゅう》ブレーキをふみつづけてようやく停車《ていしゃ》したのは、追突現場《ついとつげんば》から五、六十メートルも先だった。

乗《の》っていた自転車《じてんしゃ》は車輪《しゃりん》がひしゃげ、ハンドルが折《お》れまがり、チェーンはぶちきれて、完全《かんぜん》なスクラップになった。有市《ゆういち》のほうは、手足を奇妙《きみょう》な方向《ほうこう》に曲《ま》げたり、縮《ちぢ》めたり、のばしたりして、糸の切れたあやつり人形のようにあわれな姿《すがた》をさらしていた。

事故《じこ》を目撃《もくげき》した人が携帯電話《けいたい》で警察《けいさつ》と消防《しょうぼう》に連絡《れんらく》してくれた。まもなくやってきた救急車《きゅうきゅうしゃ》に乗《の》せられて、駅前《えきまえ》にある病院《びょういん》に運《はこ》ばれた。井上脳外科病院《いのうえのうげかびょういん》だ。緊《きん》急処置室《きゅうしょちしつ》のベッドにねかされた。その間、意識《いしき》は完全《かんぜん》にとぎれたままだ。一度《ど》も目を覚《さ》まさない。

「そんなのうそだよ」

有市《ゆういち》はようやく、とじていた口をひらいた。

「だったら、どうしていまぼくは、こうしてここにいられるの?　車にはねとばされて救急車《きゅうきゅうしゃ》で駅前《えきまえ》の病院《びょういん》に運《はこ》ばれたっていったよね。井上脳外科病院《いのうえのうげかびょういん》はきいたことがある。だけど、ぼくはいま、そんなところにはいない。ここは海の近くの市民病院《しみんびょういん》だよ。お母さんが入院《にゅういん》してる病院《びょういん》です」

ソーマはあごを左右に静《しず》かにふった。

「きみはいま、本来の世界《せかい》では、駅前《えきまえ》の井上《いのうえ》脳外科病院《のうげかびょういん》に入院《にゅういん》しているんだ。いまなお完全《かんぜん》に意識《いしき》を失《うしな》ったままで」

「でも、ぼくはここにいる」

「そうさ。ここはきみが作った世界《せかい》だから。まさに生死《せいし》の境《さかい》をさまよっているいまだからこそ、きみはこの世界《せかい》を作るきっかけが得《え》られたともいえるわけだ」

「生死《せいし》の境《さかい》をさまよってる？」

「本来の世界《せかい》だと、きみはいま駅前《えきまえ》の井上《いのうえ》脳外科病院《のうげかびょういん》の集中治療室《しゅうちゅうちりょうしつ》にいる。意識《いしき》はあいかわらず不明《ふめい》の状態《じょうたい》がつづいているが、心臓《しんぞう》の鼓動《こどう》はたくましい。車にはねとばされて、アスファルトの道路《どうろ》に落《お》ちたとき、頭を強く打《う》っているが、どうやら脳死《のうし》にはいたっていない。ただし、このままの状態《じょうたい》で時間がたてばたつほど、命《いのち》の危険《きけん》は増《ま》してくる」

「でも、ぼくは」

「車にはねられなかったといいたいんだね。よくわかるよ。それこそがきみの作った世界《せかい》なんだから」

いってソーマは、手袋《てぶくろ》をはめた人さし指《ゆび》を一本、空中にかかげてみせた。

「だが、この世《よ》に存在《そんざい》するさまざまな世界《せかい》の観察《かんさつ》を専門《せんもん》とするわたしの鑑定《かんてい》によれば、ここはやはり、あるべきはずのない世界《せかい》といわなくてはならない。くりかえすが、いずれは消《き》えてなくなるのが定《さだ》めの世界《せかい》なんだ。本来の世界《せかい》にいるきみの命《いのち》がなくなれば、きみはこの世界《せかい》にとりのこされてしまう。やがてこの世界《せかい》は自然消滅《しぜんしょうめつ》して、あとは最初《さいしょ》からずっとそこにあった闇《やみ》しか残《のこ》らない……」

有市《ゆういち》はいきなり、お母さんに会いたくなった。七一三号室《ごうしつ》だ。病室《びょうしつ》までは、長いすから立ちあがって左手のろうかを三十歩、いや二十歩もいけばいきつける。

「ぼく、お母さんに会ってくる」

ほんとうのことをきいてみるんだ。

「やっぱりそうきたか」

ソーマがいった。半分あきれて、残《のこ》る半分は笑《わら》っているような顔だ。有市《ゆういち》は長いすから立ちあがろうと、腰《こし》を半分うかせた。

「耳をすましてごらん」

ソーマがまたいったので、有市《ゆういち》はそのままの姿勢《しせい》で、いわれたとおりにした。

なにもきこえなかった。

さっきからずっと、エレベーターはとまったままだ。ナースステーションはもぬけの空《から》だ。ろうかを歩く人影《ひとかげ》もない。でも、ここは入院病棟《にゅういんびょうとう》だ。病室《びょうしつ》にいけば、入院患者《にゅういんかんじゃ》がいるはずだ。お母さんもふくめてみんなどうして、そろいもそろってひっそりと息《いき》をひそめているのだろう。ソーマの声がした。

「いまこの世界《せかい》にいるのは、残念《ざんねん》ながら有市《ゆういち》くん、きみとわたしの二人だけなんだ」

「そんなのうそだよ」

有市《ゆういち》は信《しん》じなかった。なぜなら、有市《ゆういち》がここから目と鼻《はな》の先にある七一三号室《ごうしつ》の四人部屋《べや》でお母さんと会って話をしたのは、ついさっきのことなのだから。すわりなおした。

「わたしが、この世界《せかい》に少しだけ介入《かいにゅう》したんだ。きみが作りだした世界《せかい》の登場人物《とうじょうじんぶつ》を、一時的《いちじてき》に消《け》させてもらった」

「いってること、わかんないよ」

不意《ふい》になみだがあふれでた。なみだは両《りょう》ほおを伝《つた》って、あごの先端《せんたん》でいったんとまると、足元のリノリウムのゆかにぽとっと落《お》ちた。

「だったら、いってみてきてごらん」

有市《ゆういち》はうなずいた。こんどは長いすから一気に立ちあがった。ぬれたひとみを両手《りょうて》でこすりながら、ろうかを歩いた。

七一三号室《ごうしつ》は、耳なりがきこえるくらいの静《しず》けさにしずんでいた。人の気配《けはい》はどこにもない。有市《ゆういち》はけっきょく四つのスペースを仕切《しき》っているベージュのカーテンをすべてひらいて確《たし》かめたが、どのベッドにも患者《かんじゃ》はいなかった。

「お母さん」

有市《ゆういち》が呼《よ》んだ声は、語尾《ごび》がぬれぞうきんみたいにみじめにしめって、病室《びょうしつ》のかべに吸《す》いこまれていった。さっきまでお母さんがねていた窓際《まどぎわ》のベッドは、すっかりきれいにかたづけられている。むきだしになったマットレスのまわりに、お母さんのにおい一つ残《のこ》っていなかった。うそみたいだ。

有市《ゆういち》は、訪《たず》ねた病室《びょうしつ》が七一三号室《ごうしつ》だったことを三度《ど》も四度《ど》も確《たし》かめてから、肩《かた》を落《お》としてろうかを引きかえした。ナースステーションの近くの長いすにいまもすわっている、ソーマのところにもどってきた。

「そんなにがっかりした顔をするなよ」

ソーマがなぐさめるようにいった。有市《ゆういち》には、きこえていなかった。

「さっきまでいたのに、お母さん。ひとりで勝手《かって》に退院《たいいん》していっちゃったのかな」

うらめしい気持《きも》ちで、背後《はいご》のろうかをしつこくふりかえる。

「だったら、こうしよう」

ソーマが提案《ていあん》した。

「わたしがいま観察《かんさつ》の対象《たいしょう》にしているいくつかの世界《せかい》が、この近くにある。ちょっといっしょにいってみようじゃないか」

どういうことなのだろう。有市《ゆういち》はソーマの顔をあおぎみた。目をしばたたかせた。

「ついておいで」

「でも、お母さんが……」

「そのことについては、あとでちゃんとわかるから。さあ、ついておいで」

ソーマは歩きだした。人気《ひとけ》のないナースステーションに背《せ》を向《む》けて、エレベーターの前までいった。そこで足をとめる。

「そうだ。その前に一つ、有市《ゆういち》くんに証拠《しょうこ》をみせてあげよう」

「証拠《しょうこ》？」

「そう。この世界《せかい》はたしかにきみの手によって作られたという証拠《しょうこ》さ」

いいながら、かべについているエレベーターを作動《さどう》させる「▽」を押《お》した。階《かい》下《か》に降《お》りるための箱《はこ》を呼《よ》ぶボタンだ。

「いま、この世界《せかい》にあるすべてのものは、きみの知識《ちしき》や願《ねが》いや想像力《そうぞうりょく》なんかがもとになって作られている。ということは逆《ぎゃく》にいえば、きみの考えがおよばないものは、この世界《せかい》には存在《そんざい》が許《ゆる》されないというわけだ」

どういうことなのか。

やがて、エレベーターが七階《かい》のフロアにとまることを知らせるために、ドアの上部《じょうぶ》についている丸いランプが、ちかちかと点滅《てんめつ》を始《はじ》めた。

ソーマがいった。

「いいかい有市《ゆういち》くん。もしいま、このエレベーターのドアがひらいても、そこに箱《はこ》がなかったら、代《か》わりにあるのは何だろう？」

「え」

「ランプの点滅《てんめつ》が終《お》わったらドアがひらく。それは知ってるよね。だけど、そこには人が乗《の》る箱《はこ》がないんだ。ならば、代《か》わりにあるのは何だときいているのさ」

「どうしてそんなことをきくの？」

「代《か》わりになにがある？」

ランプの点滅《てんめつ》が終《お》わった。有市《ゆういち》とソーマがならんでたたずむ目の前で、エレベーターのドアが左右にゆっくりとひらいた。

ドアの向《む》こうに、闇《やみ》があった。

それは、わずかな光の通過《つうか》さえ許《ゆる》さない、おどろくほど濃《こ》く、深《ふか》く、暗《くら》い闇《やみ》だった。まるでそこから先は、宇宙《うちゅう》のかなたにあるブラックホールにつながっているかのような。

「これは……」

いったきり、有市《ゆういち》は声を飲《の》みこんだ。

ソーマが説明《せつめい》した。

「エレベーターのひらいたドアの向《む》こうに箱《はこ》がなかったら、代《か》わりになにがあるかをきみはいま、想像《そうぞう》できなかった。だから闇《やみ》があらわれたんだ。だけどこの闇《やみ》は、きみがここに世界《せかい》を作りあげるずっと昔《むかし》からここにあって、これからもありつづけるものだ。つまり、本来ここにあるべきものは、きみが作りあげた世界《せかい》ではなくて、闇《やみ》なんだ」

有市《ゆういち》は音をたててつばを飲《の》みこんだ。

「それだけじゃない」

ソーマはつづけた。

「時間がたてばたつほど闇《やみ》はじわじわと、だが確実《かくじつ》に、本来あってはならないこの世界《せかい》を包《つつ》みこんでいく。なぜなら、きみが作りあげたこの世界《せかい》はいずれ消《き》えてなくなる有限《ゆうげん》の存在《そんざい》だが、もとからここにあった闇《やみ》は不滅《ふめつ》の存在《そんざい》だからさ。やがて闇《やみ》は、この世界《せかい》のすべてをすっかり飲《の》みこんでしまう。そのとき、きみがまだここにいたら、どうなると思う?」

「ぼ、ぼくにはなにが何だかわからない」

「いいんだよ、いますぐわからなくても。有市《ゆういち》くんにとって、現実《げんじつ》を受《う》けいれるのはつらいことだろう。時間はたしかに必要《ひつよう》だ。しかし、あまり悠長《ゆうちょう》に構《かま》えてもいられない。本来の世界《せかい》にいるきみはいま、駅前《えきまえ》の井上《いのうえ》脳外科病院《のうげかびょういん》の集中治療室《しゅうちゅうちりょうしつ》で生死《せいし》の境《さかい》をさまよっているところなのだから。そのきみが死《し》んでしまわないうちに、ここにいるきみは本来の世界《せかい》にもどらないといけないいんだ」

だめを押《お》すようにいいきった。

「本来の世界《せかい》にいるきみが不幸《ふこう》にも死《し》んでしまったら、いまこの世界《せかい》にいるきみはたちまちもどる場所《ばしょ》がなくなってしまう。やがてすべてが闇《やみ》に支配《しはい》されるこの世界《せかい》に、永遠《えいえん》にとじこめられてしまうこともあるんだよ」

有市《ゆういち》は、背中《せなか》がぞくりとした。

「それじゃ、いってみようか」

ソーマが手をさしのばしてきた。有市《ゆういち》は反射的《はんしゃてき》ににぎりかえした。

どこへいくのかと思っていると、ソーマの足はそのまま、ひらいたエレベーターのドアの向《む》こうにぽっかりと口をあけている闇《やみ》のなかにふみだしていた。

「え、ちょっと待《ま》って」

7
6
5
B1
2
4
3
1

有市《ゆういち》はおじけづいた。両足《りょうあし》をふんばって、無意識《むいしき》に抵抗《ていこう》してみせる。

「だいじょうぶ、手をしっかりにぎっているんだ。目をつむっていてもいいぞ」

すでに闇《やみ》のなかに半分溶《と》けこんでいるソーマが強い力で引っぱると、有市《ゆういち》の体はふわりと宙《ちゅう》にうきあがった。つぎの瞬間《しゅんかん》、闇《やみ》のなかに入っていくのがわかった。

いま、有市《ゆういち》が意識《いしき》できるのは、ソーマににぎってもらっている片手《かたて》の感触《かんしょく》だけだ。あとは、鼻《はな》をつままれてもわからない闇《やみ》にすべてをおおわれている。地をもぐっているのか、空をとんでいるのかもわからない。

なにかを思いだして、すぐに忘《わす》れた。

「ソーマ」

「だいじょうぶ、ここにいる」

「なにもみえないよ」

「きみの世界《せかい》からぬけだして、わたしが観察《かんさつ》しているもう一つの世界《せかい》に移動《いどう》しているところだ。さあ、ついたぞ」

とたんに闇《やみ》がはらわれた。光が満《み》ちた。まっ暗《くら》な場所《ばしょ》からでてきたばかりだというのに、目がまぶしさでひるむことはない。不思議《ふしぎ》な気分だ。ここはどこ？

有市《ゆういち》はソーマの手を離《はな》すと、あたりをみまわした。青い空の下に、どこまでもつづくアスファルトの車道がのびている。あたりにはきれいな田園風景《でんえんふうけい》が広がっている。

「作家、荒川幸司郎《あらかわこうしろう》の、こうなるはずだった世界《せかい》さ」

「こうなるはずだった世界《せかい》?」

「うん。ここで待《ま》っていよう。もうすぐ荒川《あらかわ》さんがやってくる」

いってソーマは、その場に立った。

道のかなたに、一台の車があらわれた。遠くにあるときは、それが車だということしかわからなかった。近づくにつれて、ずいぶん大きくて立派《りっぱ》な乗用車《じょうようしゃ》だということが、わかってきた。黒ぬりのボディーを、頭上から照《て》らす午後の日ざしにきらめかせている。

「ほら、おいでなすった」

ソーマは半歩前にでると、車に向《む》かって手を上げた。

車はどんどん近づいてきた。二人がならんで立っている場所《ばしょ》の手前でスピードをゆるめると、みごとな優雅《ゆうが》さで停車《ていしゃ》した。外国車なのだろう。進行方向《しんこうほうこう》左側《がわ》が運転席《うんてんせき》になっている。うぃーん、と音をたてて窓《まど》ガラスが下がると、男が顔をのぞかせた。

「やあ、どうされましたか？」

男は、有市《ゆういち》のお父さんくらいの年齢《ねんれい》だろうか。髪《かみ》をオールバックにして、口ひげを生やしている。清潔《せいけつ》そうな白いワイシャツにネクタイをしめている。みるからに、社会の成功者《せいこうしゃ》という顔をしている。裕福《ゆうふく》そうだ。

あれ、このおじさんの顔、前にどこかでみたことがあるような気がする。えーと、どこでだったかな？　有市《ゆういち》は記憶《きおく》をめぐらせた。思いだせなかった。

「こんにちは。すてきな車ですね」

ソーマがいった。

「じつはこの車が走ってくるのをみて、運転《うんてん》しているのは荒川幸司郎《あらかわこうしろう》さんではないかと思ったんです。それで、失礼《しつれい》をかえりみず手を上げてしまいました」

男の顔がかがやいた。

「まさしく、わたしが荒川幸司郎《あらかわこうしろう》です」

# 4 荒川幸司郎《あらかわこうしろう》の世界《せかい》

ソーマは、ほっとしたようにいった。

「よかった。あなたにはぜひともお会いしたいと思っていたんです、荒川《あらかわ》さん」

「光栄《こうえい》ですね。で、あなたがたは？」

荒川《あらかわ》さんは、ソーマが自分の名前を知っているときいても、あまりおどろいた様子《ようす》はみせない。むしろうれしそうだ。有市《ゆういち》のほうを、にこやかな表情《ひょうじょう》でながめている。

「わたしたちは旅《たび》の者《もの》です」

「ほほう、それはまた。おみかけするに、お父さんと息子《むすこ》さんですか」

ソーマは有市《ゆういち》をちらっとみた。荒川《あらかわ》さんには気づかれないように、いたずらっぽく笑《わら》って片目《かため》をつむってみせる。とりあえずはそう思わせておこうという合図《あいず》のようだ。

「わたしたち、じつをいうとこちらにくるのはきょうが初《はじ》めてなんです。荒川《あらかわ》さんの名前はよく存《ぞん》じあげていますが、そのほかのこととなると右も左もわからなくて」

「なるほど。いやあ、わたしの名前を知っていてくださるだけでもうれしいです。本をお読みになってくれたのかな。だったら、これも縁《えん》というものです。さあ、車にお乗《の》りなさい。わたしがこの町を案内《あんない》しましょう」

後部《こうぶ》ドアのロックが外れる音がした。

「では、お言葉《ことば》にあまえて」

ソーマはドアに手をかけて、ひらいた。二人は乗《の》りこんだ。シートはふかふかだった。高級《こうきゅう》そうな革《かわ》のにおいがした。

うん。たしかにこのおじさん、荒川《あらかわ》さんの顔はどこかで何度《ど》かみたことがある。相当《そうとう》の有名人《ゆうめいじん》なのだから、不思議《ふしぎ》はないのかもしれない。でも、それがいつ、どこでだったか、有市《ゆういち》ははっきりと思いだすことができない。

車が走りだした。静《しず》かで、スムーズだ。おまけに、ずいぶんゆっくりな運転《うんてん》だ。

「さっき町を走っていたとき、すごい事故《じこ》を目撃《もくげき》したんですよ。猛《もう》スピードで走ってきた車が、自転車《じてんしゃ》に乗《の》っていた少年をまるごとはねとばしたんだ。いやあ、身《み》の毛もよだつってやつだね。安全運転《あんぜんうんてん》しないと」

バックミラーごしに、つづける。

「もうしばらくいった丘《おか》の上に、わたしの自宅《じたく》と仕事場《しごとば》があります。家族《かぞく》もいますので、紹介《しょうかい》しましょう。ええと、お名前は？」

「三浦《みうら》といいます。こちらは有市《ゆういち》です」

何だよ、ぜんぶぼくの名前じゃないか。でも、ソーマには名前がなかったんだ。だったらしょうがない。ぼくの名前を語らせてやろう。有市《ゆういち》は肩《かた》をすくめてみせる。

「三浦《みうら》さんですね、どうぞよろしく。有市《ゆういち》くんは本が好《す》きなのかな？」

「あ、はい。まあ」

本はきらいではなかった。というより、どちらかというと好《す》きだ。おもしろい本を読みはじめると、時間がたつのを忘《わす》れてしまう。ごはんさえ、食べる時間がもったいない気がしてくることもある。荒川《あらかわ》さんは作家だというから、きっと本に興味《きょうみ》があるんだろう。

ソーマがいった。

「わたしたちはどちらも読書が、ときにはごはんより好《す》きになることがあります」

「ごはんより好《す》きになるか。そりゃいいや」

ハンドルをにぎったままの姿勢《しせい》で、荒川《あらかわ》さんは丸い肩《かた》をゆすらせ、声を上げてうひゃうひゃと笑《わら》った。とても楽しそうに。

その笑《わら》い方が、お父さんのそれとよく似《に》ていたので、有市《ゆういち》はいきなりお父さんのことを思いだしてしまった。

東京《とうきょう》の新聞社で社会部《ぶ》の記者《きしゃ》をしているお父さんは、ふだんいそがしくて、ほとんど家に帰ってこない。でも、土曜日や日曜日に、とりたてて大きな事件《じけん》が起《お》きないときは、いつのまにか家にいるときがある。

なぜ、いつのまにかというと、こういうことだ。前夜、有市《ゆういち》や奈津美《なつみ》がふとんにもぐりこむころにはまだ会社にいても、夜中にタクシーで帰ってくる。翌朝《よくあさ》には自分の部屋《へや》のベッドのなかで、大きないびきをかいてねむりこんでいるという場合だった。

いまより小さかったころ、有市《ゆういち》はそんなお父さんをみつけては、ベッドの上でウサギのダンスをおどってたたきおこしてやるのが得意《とくい》だった。お父さんはまっ赤な目をあけて、有市《ゆういち》の足首を大きな手でがっちりつかみ、ふとんのなかに引きずりこむ。それで、アリ対《たい》アリジゴクの戦《たたか》いが始《はじ》まるのだった。

そんなときは、奈津美《なつみ》もだまってみているわけにはいかない。アリジゴクのふとんのなかに引きずりこまれそうになる有市《ゆういち》を助《たす》けようと、たましいも引きちぎれんばかりのかん高い声を上げて、ベッドのまわりをかけまわる。かけぶとんにとびのって、カエルのダンスをおどる。ときには、ベッドからとびだしたお父さんの足にかみついてしまうこともあった。

最後《さいご》はいつも、お母さんがやってくる。お父さんはお仕事《しごと》でつかれているのよ。もっとゆっくりねかせてあげてちょうだい。そんなふうにしていじめてばかりいたら、そのうちお父さん、こわれちゃうわよ。お母さんはそういって、お父さんをやさしくいたわる。

でも、お父さんはいつまでたってもこわれはしなかった。家にいるときはたいていごきげんで、有市《ゆういち》や奈津美《なつみ》にあれこれとちょっかいをだしては、肩《かた》をゆすらせ、声を上げてうひゃうひゃと笑《わら》う。とても楽しそうに。それから、有市《ゆういち》たちがちょっと目を離《はな》したすきに、家からいなくなってしまう。たちまち仕事《しごと》にもどっていってしまうのだった。

いまではさすがに有市《ゆういち》も朝、気持《きも》ちよさそうにねているお父さんのベッドの上にとびのってウサギのダンスはおどらない。奈津美《なつみ》ももう三年生だから、昔《むかし》にくらべたらずっとおしとやかになった。それでも有市《ゆういち》は、お父さんのあの幸《しあわ》せそうなうひゃうひゃ笑《わら》いをきくと、昔《むかし》の楽しかった日々を思いだす。アリ対《たい》アリジゴクの戦《たたか》いがよみがえる。

それからまた気がついた。そういえばここのところ有市《ゆういち》は、お父さんのうひゃうひゃ笑《わら》いをずっときいていなかった。最後《さいご》にきいたのは、いつだっただろう。どうしてお父さんは、あのうひゃうひゃ笑《わら》いを、もうきかせてくれなくなってしまったのだろう?

思いいたったのは、そこまでだった。

やがて車は、ゆるやかな勾配《こうばい》の坂道《さかみち》を上りはじめた。丘《おか》の上にあるという、荒《あら》川《かわ》さんの家と仕事場《しごとば》が近づいてきたようだ。

窓《まど》の外に流《なが》れる景色《けしき》は、絵に描《か》いたように美《うつく》しかった。野も山も、空も川も田《た》畑《はた》も、明るい太陽《たいよう》の光を浴《あ》びて、生き生きとかがやいている。

「ほら、あそこにみえるでしょ」

荒川《あらかわ》さんが、フロントガラスの前方をあごでさして、いった。坂《さか》を上がりきったところだ。地上三階《がい》建《だ》ての白亜《はくあ》の邸宅《ていたく》が、夏の午後の日ざしをさんさんと浴《あ》びてたっていた。

「わあ、かっこいい」

有市《ゆういち》は思わず、声を上げた。まるで小さな西洋《せいよう》の城《しろ》ではないか。しかも、こんなながめのいい丘《おか》の上にたっているなんて。

「わが家は一階《かい》が事務所《じむしょ》、二階《かい》が自宅《じたく》、三階《がい》が仕事部屋《しごとべや》になっているんですよ」

「六年前のことです。わたしの作家デビュー作で、おかげさまで大ベストセラーになった『応答《おうとう》なし』の印税《いんぜい》でたてたんです」

「それは？」

ソーマが声を低《ひく》くしてきく。

「『応答《おうとう》なし』ですよ。いまでは何百万部《ぶ》というミリオンセラーになっています。つぎにだした『ペニーの路地《ろじ》』も、おかげさまでよく売れました。どちらの作品《さくひん》も、テレビドラマや映画《えいが》、マンガになりました。英訳《えいやく》もされています。それで、自分でいうのもおこがましいのですが、このほどわたし、荒川幸司郎《あらかわこうしろう》の黄金三部《おうごんぶ》作《さく》の最後《さいご》の一作『太陽《たいよう》の王』が、いよいよ出版《しゅっぱん》されることになりました。これはまだ内密《ないみつ》なのですが、もしかしたらこの作品《さくひん》によってわたし、世界《せかい》のノーベル文《ぶん》学賞《がくしょう》をいただくことになるかもしれません」

「そうですか」

荒川《あらかわ》さんの、いかにも熱《ねつ》のこもった説明《せつめい》にくらべてソーマの応対《おうたい》は、有市《ゆういち》の目にもずいぶん冷静《れいせい》というかクールに映《うつ》る。

「三浦《みうら》さんは『応答《おうとう》なし』か『ペニーの路地《ろじ》』を、もうお読みになりましたか?」

「いえ、残念《ざんねん》ながら」

「おや、そうでしたか」

応《おう》じた荒川《あらかわ》さんの声には、しかし失望《しつぼう》の色が少しもにじんでいない。

「だったら、とりあえずはこの一冊《さつ》を」

いいながら手品師《てじなし》みたいに、どこからともなく本をとりだした。運転席《うんてんせき》の背《せ》もたれごしにさしだしてくる。

「子どもから大人までが楽しめる。どうぞ、読んでください」

本をつかんでいる右手の甲《こう》に、大きなホクロがあった。有市《ゆういち》はたちまち思いだした。

『応答《おうとう》なし』だった。

五月の連休《れんきゅう》のころだった。有市《ゆういち》が暮《く》らしているマンションの近くに、大川《おおかわ》という川が流《なが》れている。車道がそのまま橋《はし》になっているたもと近くに、おじさんがひとりうずくまるようにして、しりを落《お》としていた。着《き》ているものはとうてい、ここ一か月は洗濯《せんたく》などしていないと思われる、あかとほこりにまみれた古着《ふるぎ》だ。だれがどうみても、住《す》む家に困《こま》っているホームレスのおじさんだった。

有市《ゆういち》は、図書館《としょかん》からの帰りだった。借《か》りた本がおもしろそうで、家に帰りつくまでの時間さえ待《ま》ちきれなかった。歩きながら読みはじめてしまい、ちょうど大《おお》川《かわ》の橋《はし》のたもとまできたときだ。ページをめくろうとして、ふと足がよろめいた。手にしていた本を、すとんと落《お》としてしまった。

「あんた、平成《へいせい》の金次郎《きんじろう》か。うひゃうひゃ」

そこにいたおじさんが、本を拾《ひろ》いあげてくれながら、そういったのだった。金《きん》次郎《じろう》とは、江戸時代《えどじだい》の偉人《いじん》・二宮尊徳《にのみやそんとく》の通称《つうしょう》だ。たきぎを背負《せお》いながら本を読んで勉強《べんきょう》している姿《すがた》がそのまま銅像《どうぞう》にもなっている。

「あ、すいません」

「本が好《す》きなんだな、よしよし」

本を返《かえ》してもらうとき、おじさんの右手の甲《こう》に大きなホクロがあるのがみえた。ずいぶん大きなホクロだった。いま、その記憶《きおく》が呼《よ》びさまされた。運転席《うんてんせき》から本をわたしてくれた荒川《あらかわ》さんは、あのときのホームレスのおじさんだった。

「どうもです」

ソーマが、あまり気持《きも》ちのこもらない口調《くちょう》で礼《れい》をのべたとき、車は邸宅《ていたく》の門前までできてとまった。道路《どうろ》の先にあるアーチ型《がた》の大きな黒い鉄《てつ》の門は、そのまま両《りょう》びらきのとびらになっている。関係者以外《かんけいしゃいがい》の進入《しんにゅう》を断固拒否《だんこきょひ》するといわんばかりに、ぴたりととざされている。その向《む》こうに、邸宅《ていたく》の表玄関《おもてげんかん》へといたる敷地《しきち》内の道がのびている。

「ここはリモコンを使《つか》うんです」

荒川《あらかわ》さんは運転席《うんてんせき》の手前にあるポケットに手をのばした。操作《そうさ》用のボードをとりだすと、いくつかあるボタンの一つを押《お》した。鉄《てつ》の門が静《しず》かに左右にひらいた。車はまた動《うご》きだして、敷地《しきち》内へ入っていく。

「わが屋敷《やしき》にようこそ」

車はのろのろと走ったあと、ポーチのわきの駐車場《ちゅうしゃじょう》にとまった。四すみに丸い照明器具《しょうめいきぐ》をのせた石柱《せきちゅう》が立っている。荒川《あらかわ》さんはエンジンを切ると、シートベルトを外した。運転席《うんてんせき》のドアを押《お》しあけて、車外へ降《お》りたった。

「いま、家の者《もの》を呼《よ》んできましょう。よろしければお二人ともどうぞ、車を降《お》りて玄関《げんかん》までいらっしゃってください」

いいおいて、ひとりすたすたと歩いた。玄関《げんかん》のドアを引いてあけた。あとから有市《ゆういち》たちが入ってこられるように、ドアはあけはなしたままだ。家のなかに姿《すがた》を消《け》した。

「すごい家ですね」

車から降《お》りた有市《ゆういち》がいった。

ソーマがいいかえした。

「それをいうなら、すごい世界《せかい》といってもらいたいね。ここがどういうところか、きみにはもうわかっているはずだ」

有市《ゆういち》はソーマをあおぎみた。

「それじゃ、ここは」

いいながら、立派《りっぱ》な邸宅《ていたく》の、半分あいているドアの向《む》こうに目を向《む》ける。

「みんな、荒川《あらかわ》さんが作った世界《せかい》なの？」

「そういうことだ」

「じゃあ、荒川《あらかわ》さんがいま、ほんとうにいる世界《せかい》は？」

ソーマはうなずいて、有市《ゆういち》を手招《てまね》いた。

「百聞《ひゃくぶん》は一見にしかずっていうだろう。そこできみには、ビジョンをみせてあげよう」

「ビジョン」

「本来の世界《せかい》にいる荒川《あらかわ》さんの姿《すがた》さ。いま、わたしのパワーで、きみの頭のなかのスクリーンに少しだけ映《うつ》しだしてみせるから」

「そんなこと、できるの？」

「いまのきみに対《たい》してはできるんだ。なぜなら、この世界《せかい》は有市《ゆういち》くん、きみが作りだしている世界《せかい》じゃないからね」

「どういうこと?」

「いまわたしたちがいるこの世界《せかい》は、荒川《あらかわ》さんが作りだした、荒川《あらかわ》さんの世界《せかい》だ。わたしも有市《ゆういち》くんも、いうなればほかの世界《せかい》からこの世界《せかい》にきたんだ。だからわたしたちは、荒川《あらかわ》さんが作ったこの世界《せかい》を、とても客観的《きゃっかんてき》にみることができる。ところが、荒川《あらかわ》さんはちがう。彼《かれ》はこの世界《せかい》を作りあげた張本人《ちょうほんにん》だ。この世界《せかい》のほかに、本来自分がいるべき世界《せかい》があるだなんて、これっぽっちも思っちゃいない。だからわたしがいくらがんばって、荒川《あらかわ》さんの頭のなかのスクリーンに本来、荒川《あらかわ》さんがいるべき世界《せかい》のビジョンを送《おく》りこもうとしても、ことごとくはねかえされてしまうんだよ。彼《かれ》の思いこみの力によって」

有市《ゆういち》はじっくり考えた。いまソーマがいったことは、もしかしたら有市自身《ゆういちじしん》にも当てはまるのかもしれない。荒川《あらかわ》さんがこの世界《せかい》で、荒川《あらかわ》さんの本来いるべき世界《せかい》をのぞきみることができないのと同じように、有市《ゆういち》もまた、有市自身《ゆういちじしん》が作りあげた世界《せかい》では、自分が本来いるべき世界《せかい》をうかがいしることはできないということなのだろう。

「さあ、目をとじてごらん」

ソーマがいった。有市《ゆういち》は考えるのを一時やめて、いわれるままに目をとじた。すぐにソーマの大きな両手《りょうて》が、頭の上から落《お》ちてきた。髪《かみ》の毛を包《つつ》みこんだ。

と、有市《ゆういち》はビジョンをみていた。

そこは大川《おおかわ》の橋《はし》のたもとだった。すっかりホームレスのおじさんのかっこうにもどった荒川《あらかわ》さんが、空をみあげながらつぶやいている。その言葉《ことば》も、はっきりきこえてきた。

「六年前、あの腹《はら》にすえかねる悪運《あくうん》が天から落《お》ちてこなかったら、おれのはなばなしいデビュー作『応答《おうとう》なし』は、最初《さいしょ》のベストセラーになっていたことまちがいない。いまじゃ、おそらく何百万部《ぶ》もの売りあげを記録《きろく》していることだろう。うひゃうひゃ。つぎになにを書くかは決《き》まっていた。『ペニーの路地《ろじ》』さ。この橋《はし》のたもとで、行きかう人や車の流《なが》れを毎日ながめながら、ずっと構想《こうそう》を練《ね》ってきたんだ。こちらも同様《どうよう》のミリオンセラーになっただろうな。それでいまごろは、子どもから大人までがむさぼりよむ、わが黄金《おうごん》三部作《ぶさく》の最後《さいご》の一作『太陽《たいよう》の王』

を書きあげて、もう出版《しゅっぱん》が決《き》まっていたはずだ。どの作品《さくひん》も英語《えいご》に訳《やく》されて、世《せ》界《かい》中の読者《どくしゃ》のもとに届《とど》けられるんだ。そうなると、いずれは世界《せかい》のノーベル文学《ぶんがく》賞《しょう》も夢《ゆめ》ではないかもしれないぞ、うひゃうひゃ……」

荒川《あらかわ》さんのひとりごとは、つづく。

「『応答《おうとう》なし』は、それにしても出版《しゅっぱん》にこぎつけるまでが大変《たいへん》だった。出版社《しゅっぱんしゃ》をいくつもかけずりまわったんだ。編集者《へんしゅうしゃ》はどいつもこいつも、やる気のないやつらばっかりで、大半は文字どおり、応答《おうとう》なしだった、くくっ。でも、おれはめげなかった。十九番目の出版社《しゅっぱんしゃ》の編集者《へんしゅうしゃ》が、道ですれちがう者《もの》ならだれもがうっとりとしてふりかえる美女《びじょ》だった。森彩果《もりあやか》だ。『応答《おうとう》なし』を編集会議《へんしゅうかいぎ》にだしてくれた。それで、編集長《へんしゅうちょう》を説得《せっとく》してくれて、ついに作家、荒川幸司郎《あらかわこうしろう》の単行本《たんこうぼん》デビューが決《き》まったってわけだ。いやあ、あれはまったくもって、おれの人生最大《さいだい》の分岐点《ぶんきてん》だったといっていいぞ、うん」

通行人が、荒川《あらかわ》さんのあわれをさそう姿《すがた》に同情《どうじょう》して、千円札《さつ》を一枚《まい》、四つに折《お》って落《お》としていった。荒川《あらかわ》さんは気がつきもしない。

「ふん、だけど、それからはどうだ。ものすごい不況《ふきょう》の嵐《あらし》がふいてきやがった。

おかげで出版社《しゅっぱんしゃ》は倒産《とうさん》。おれのデビュー作で、おそらく世界《せかい》を変《か》えたかもしれない大傑作《けっさく》『応答《おうとう》なし』は、ついにまぼろしのベストセラーになってしまった。もしあのとき、出版社《しゅっぱんしゃ》が倒産《とうさん》していなかったら、おれの人生はどうなっていただろう。たぶんおれは、相当《そうとう》の大金持《おおがねも》ちになっていただろうな。そうそう、さしあたっては『応答《おうとう》なし』を世《よ》にだしてくれた担当編集者《たんとうへんしゅうしゃ》の彩果《あやか》とは、結婚《けっこん》していたかもしれない」

荒川《あらかわ》さんの、長いホームレス生活でひげだらけになった顔が、ほんのりと赤くなる。

「そうだ、きっと結婚《けっこん》していた。それでおれは『応答《おうとう》なし』『ペニーの路地《ろじ》』『太陽《たいよう》の王』の黄金《おうごん》三部作《ぶさく》だけじゃなく、ほかにもたくさんの本をせっせと書いて、どれもこれもがベストセラーになり、テレビドラマや映画《えいが》やマンガやアニメや舞《ぶ》台《たい》やCD《シーディー》やDVD《ディーブイディー》になって、総理大臣《そうりだいじん》もびっくりの大金持《おおがねも》ちになっていただろう。故郷《こきょう》の実家《じっか》に近い丘《おか》を一つ買いとって、地元《じもと》の人たちから荒川幸司郎御殿《あらかわこうしろうごてん》と呼《よ》ばれるような邸宅《ていたく》をたてていただろう。地上三階建《がいだ》ての白亜《はくあ》の豪邸《ごうてい》で、一階《かい》は事務所《じむしょ》、二階《かい》は自宅《じたく》、三階《がい》は仕事部屋《しごとべや》にして使《つか》うんだ。家族《かぞく》は、妻《つま》の彩果《あやか》と息子《むすこ》

と娘《むすめ》の四人がいいな。家で仕事《しごと》ができるから、家族《かぞく》はいつもいっしょなんだ。息子《むすこ》とは毎日キャッチボールをして過《す》ごしている。男どうしのつきあいは大切だからな……」

そこでビジョンがかききえた。

有市《ゆういち》はふたたび、お父さんのことを考えていた。二人でキャッチボールをした最後《さいご》は、いつごろだっただろう？　たしか有市《ゆういち》がいまの奈津美《なつみ》と同じ、三年生になった年の夏休みだった。一度《ど》だけ、お父さんとキャッチボールをしたことを思いだした。

「ほーら有市《ゆういち》、もっと前にきて投《な》げろ。ノーバウンドで思いきり投《な》げるんだ。……うん、その調子《ちょうし》。少しずつ、後ろに下がって。……よし、いいぞ。もう少し下がってみるか。投《な》げてみろ。……よし、届《とど》いたぞ。大した豪速球《ごうそっきゅう》だ。ほら、しっかりキャッチしろ」

有市《ゆういち》も楽しかったが、お父さんもほんとうに楽しそうだった。でも、それからはお父さんの仕事《しごと》がどんどんいそがしくなってきた。いまでは、親子でキャッチボールができるような時間に、お父さんが家にいることはめったになくなった。

いまのお父さんにとって、いちばん大切なのは仕事《しごと》なんだ。いつも家にいないのがふつうになっている。お母さんがいてもいなくても、けっきょく同じだった。ナツのことだって、どこまで本気で心配《しんぱい》しているか、わかったものじゃない。ぜんぶ、ぼくやおばあちゃんに任《まか》せっきりだし。だから、ぼくもお父さんにはあまり期待《きたい》しないほうがいいって、ずっと思ってきたんだ。

でも、荒川《あらかわ》さんの世界《せかい》で、荒川《あらかわ》さんが夢《ゆめ》にみている家族《かぞく》の姿《すがた》をみせられると、有市《ゆういち》はがぜんうらやましくなった。それが現実《げんじつ》の世界《せかい》ではなくても、家族《かぞく》っていうのはやはり、こうでなくちゃいけないと思う。それに荒川《あらかわ》さんの、あのうれしそうなうひゃうひゃ笑《わら》い。いやでもお父さんとの楽しかった、あのころを思いおこさせる。すると有市《ゆういち》はやはり、心のおくでずっとがまんしているほんとうの気《き》持《も》ちを、大声で叫《さけ》びそうになってしまう。

お父さん、お願《ねが》いだからぼくともう一度《ど》、キャッチボールしてくれよ！

「さあ、でてきたぞ」

ソーマの声が、有市《ゆういち》の思いを破《やぶ》った。

荒川《あらかわ》さんが、ひらきっぱなしの玄関《げんかん》のドアから姿《すがた》をあらわした。

「いやあ、お待《ま》たせしてすみません。家の者《もの》がね、どこにもいないんですよ」

荒川《あらかわ》さんは、少しあわてたみたいな顔をしている。きょろきょろとあたりをみまわしている。それから、またいった。

「妻《つま》と息子《むすこ》と娘《むすめ》なんですが。何だかちょっと、様子《ようす》がおかしくて」

「家のなかにいないというだけではなく、これまでにいたというあともないのでしょう」

ソーマが指摘《してき》すると、荒川《あらかわ》さんの顔色がすっと変《か》わった。

「そうなんです。じつをいいますと、その、家のなかがもぬけの殻《から》なんです」

「それがなぜなのかを説明《せつめい》するために、きょう、わたしはあなたに会いにきたのです」

ソーマは目を丸くしている荒川《あらかわ》さんに、ついさっき有市《ゆういち》が作りあげた世界《せかい》で有《ゆう》市《いち》にしたのと同じような説明《せつめい》を話してきかせた。

「そんな、まさか。ここがすべて、わたしが頭のなかで勝手《かって》に作りだした世界《せかい》だなんて」

「残念《ざんねん》ながら、それはほんとうです」

「そんな話は受《う》けいれないぞ！」

荒川《あらかわ》さんが大きな声で叫《さけ》んだとき、おそろしくも悲《かな》しい不思議《ふしぎ》が起《お》きた。三人が立っているポーチのわきの駐車場《ちゅうしゃじょう》にとまっていた荒川《あらかわ》さんの黒ぬりの外国製乗《せいじょう》用車《ようしゃ》が、一瞬《いっしゅん》、けむりのようにゆらめいたかと思うと、その場からこつぜんと姿《すがた》を消《け》したのである。

「おお、なにが起《お》きたんだ」

「あなたが作りだした世界《せかい》の一部《いちぶ》を、わたしがもとの闇《やみ》にもどしたのです」

「なぜだ？　なぜ、そんなことをする」

みると、いまや車の影《かげ》も形もなくなった駐車場《ちゅうしゃじょう》には、直径《ちょっけい》五十センチほどの丸い水たまりができていた。青空の一部《いちぶ》を映《うつ》していたその水たまりの水の色がどんどん黒ずんで、暗《くら》くなっていく。やがて水たまりは、底《そこ》なしの闇《やみ》をたたえた穴《あな》に姿《すがた》を変《か》えた。

「おじさん」

有市《ゆういち》は勇気《ゆうき》を奮《ふる》いおこして、いった。

「あのとき、ぼくの本を拾《ひろ》ってくれたよね。ぼくのこと、平成《へいせい》の金次郎《きんじろう》だなんて呼《よ》んだりしてさ。お父さんみたいなうひゃうひゃ笑《わら》いがよかったよ。あの笑《わら》い、もとの世界《せかい》でもう一度《ど》きかせてほしいな。ぼく、おじさんに、このまま闇《やみ》に飲《の》まれてもらいたくないんだ。でも、そのためにはどうしたらいいんだろう？」

ソーマが言葉《ことば》をつないだ。

「そのためにわたしがいるのさ。相手《あいて》さえその身《み》と心をわたしにゆだねてくれたら、わたしはいつでもよろこんで、みなさんを本来の世界《せかい》に連《つ》れてかえることができるのだから」

## 5 大西悠子《おおにしゆうこ》の世界《せかい》

荒川《あらかわ》さんはソーマの顔をみて、がっくりした表情《ひょうじょう》をあらわにしながら、いった。

「なぜみんな、いなくなってしまったんだ。とてもすてきな家族《かぞく》だったのに」

ソーマはやさしく答えた。

「みんな、あなたが頭のなかで生みだした家族《かぞく》だったからですよ。ほんとうは、最初《さいしょ》からだれもいなかったんだ。それをわかってもらうために、少々荒療治《あらりょうじ》でしたが、やってみました。でも荒川《あらかわ》さん、本来の世界《せかい》にもどるのは、あなたが思いこんでいるほどつらいものではないと思いますよ」

「どうしてそんなこと、いえるんですか?」

「本来の世界《せかい》で、あなたが最初《さいしょ》に書いた作品《さくひん》『応答《おうとう》なし』を読んで、あなたのことを認《みと》めてくれた彩果《あやか》さんがいるじゃないですか」

荒川《あらかわ》さんの顔が、ぽわっと赤くなる。

「彼女《かのじょ》はいまも独身《どくしん》です。数年前にほかの出版社《しゅっぱんしゃ》への就職《しゅうしょく》が決《き》まりました」

「おお、それはすばらしい」

「それで、じつをいうと彼女《かのじょ》、あなたのことをずっと探《さが》しているんです。『応答《おうとう》なし』をそちらの出版社《しゅっぱんしゃ》で改《あらた》めて出版《しゅっぱん》したいと思っているみたいですよ。まさかあなたがホームレスになって、都会《とかい》の片《かた》すみの橋《はし》のたもとに毎日ぼーっとした顔をしてうずくまっているなんて、想像《そうぞう》もしちゃいないでしょう」

「だったらおじさん、橋《はし》のたもとでぼろぼろになって過《す》ごしてるいまの姿《すがた》を彩果《あやか》さんにみつかる前に、何とかしたほうがいいかもしれないね。おじさんがほんとうに書いた『応答《おうとう》なし』を、ぼくもいつか読んでみたいもん」

有市《ゆういち》もそういってはげました。

その言葉《ことば》が決《き》め手になったのだろうか。荒川《あらかわ》さんはようやくうなずいた。いまは丘《おか》の上の豪邸《ごうてい》も消《き》え、地平線《ちへいせん》のかなたから地獄《じごく》の幽鬼《ゆうき》のようにじわじわと押《お》しよせてくる闇《やみ》は、いかにもおそろしげだ。

「では、いきましょうか」

ソーマはいうと、右手を荒川《あらかわ》さんの目の前にさしだした。

「あなたが本来、そこにいなければならない世界《せかい》へ、わたしが案内《あんない》しましょう」

「すべてをあなたにお任《まか》せしていいのかな」

「ぜひとも、そうしてください」

目の前にあるソーマの右手に、荒川《あらかわ》さんのすがるような左手が重《かさ》なった。

「よろしい。あなたはいま、わたしの手をつかむことによって、自《みずか》らの運命《うんめい》を決《き》めたのです。よく思いきってくれました」

ソーマの左手がのびてきて、有市《ゆういち》の右手をつかんだ。そのまま三人は横《よこ》一列《れつ》になって、すぐ前方にある丘《おか》の斜面《しゃめん》にぽっかりとあいた洞穴《どうけつ》のような闇《やみ》に足をふみいれた。

すべての光が消《き》えうせた。有市《ゆういち》は、こんどはだいじょうぶだった。ソーマの手をしっかりにぎって、離《はな》さなければいい。

すぐに光がもどってきた。しかし、あまりぱっとしない光だ。いまにも雨が降《ふ》ってきそうな空模様《そらもよう》の下、といった感《かん》じだ。たそがれどきなのかもしれない。

有市《ゆういち》がとなりに立っているソーマをみると、その右側《がわ》にさっきまでいた荒川《あらかわ》さんの姿《すがた》が消《き》えていた。

「荒川《あらかわ》さんは？」

「もうここにはいない」

ずいぶんの早わざだ。本来、彼《かれ》がいるべき世界《せかい》に連《つ》れもどされたのだろう。マンションの近くにある、大川《おおかわ》の橋《はし》のたもとにちがいない。

「よかった」

有市《ゆういち》は自分のことではなくても、ほっとした。

で、こんどはどんな世界《せかい》に連《つ》れてきてもらったのだろう。あたりに視線《しせん》をめぐらせた。

そこは夕暮《ゆうぐ》れ迫《せま》る児童《じどう》公園だった。あたりにはすべり台、ブランコ、ジャングルジム、鉄棒《てつぼう》といった、子どもたちがよろこびそうな乗《の》り物《もの》や設備《せつび》がそろっている。駅《えき》から少し離《はな》れた三丁目《ちょうめ》にある、あけぼの児童《じどう》公園だ。有市《ゆういち》もときどき、自転車《じてんしゃ》で遊《あそ》びにいくことがあった。近くには、加藤進学塾《かとうしんがくじゅく》が入っている七階《かい》建《だ》てのクリーム色のビルがたっていた。

加藤進学塾《かとうしんがくじゅく》に有市《ゆういち》は、四年のときから啓太《けいた》と二人で、毎週月、水、金曜日の午後、かよっていた。二人とも苦手《にがて》とする算数と国語の特別《とくべつ》ゼミを、ずっと受《う》けている。

「どうしてこんなところに？」

「ここは現実《げんじつ》の世界《せかい》ではないんだ」

「ってことは、この世界《せかい》を作っただれかが、またどこかにいるってことですね」

「そのとおり」

答えながらソーマは、公園の敷地《しきち》の片《かた》すみにあるベンチに目を向《む》けた。そこにひとりでしょんぼりとすわっているおばあさんの顔をみて、有市《ゆういち》は声を上げた。

「天狗屋《てんぐや》のおばあちゃんだ」

天狗屋《てんぐや》は、有市《ゆういち》がかよっている学校の裏門《うらもん》の近くにある、小さな文具屋《ぶんぐや》だった。文具《ぶんぐ》だけではなく、ぺろりんキャンディーや一口チョコ、絶品《ぜっぴん》ヌガーみたいなだがし類《るい》も売っている。有市《ゆういち》はときどき啓太《けいた》と連《つ》れだって、学校の帰りに立ちよることがあった。

いや待《ま》て。そういえば、去年《きょねん》の夏休みが終《お》わったころから、一度《ど》もいっていなかった。店にシャッターが降《お》りてしまって、そのままの状態《じょうたい》がずっとつづいていた。おばあちゃん、久《ひさ》しぶりに顔をみるけど、こんなところでいったいなにしてるんだろう?

「いってみようか」

ソーマが歩きだした。有市《ゆういち》はあわてて追《お》いかけた。

近くまでいくと、二人の気配《けはい》に気がついたらしい。おばあちゃんが顔を上げた。

「あ」

有市《ゆういち》の姿《すがた》をみたおばあちゃんが、息《いき》を飲《の》むような声を上げた。一瞬《いっしゅん》、ベンチからはねおきそうになった。でも、有市《ゆういち》の頭のてっぺんからつま先までを穴《あな》のあくほどまっすぐ、じっくりと観察《かんさつ》してから、力なく首を横《よこ》にふった。そのまま、腰《こし》を落《お》としてしまった。

「こんにちは」

ソーマが声をかけた。

「こんにちは」

有市《ゆういち》も、ソーマにならった。

「こんにちは」

返《かえ》ってきた声には、元気の「げ」の字も感《かん》じられない。どうしたっていうんだろう。財布《さいふ》でも落《お》としたのかな？　するといきなり有市《ゆういち》は、いま家にいるおばあちゃんのことを思いだした。

つい先日だった。夕方、おばあちゃんはひとりで駅前《えきまえ》のスーパーに買《か》い物《もの》にいって、青い顔をして帰ってきた。

「大変《たいへん》なことしちゃったよ」

玄関《げんかん》のドアをあけて、家のなかに入ってくるなり、おばあちゃんがいった。買《か》い物《もの》をしてきたはずのふくろは一つももっていない。

「どうしたの？」

「どうしたの？」

家で留守番《るすばん》をしていた有市《ゆういち》と奈津美《なつみ》が口々にきいた。

「お買《か》い物《もの》してるとちゅうで気がついたんだけど、どこかでお財布《さいふ》を落《お》としちゃった」

「ええっ、どこで落《お》としたの」

「それが、ぜんぜんわからないんだよ」

「じゃあ、買《か》い物《もの》は？」

「一つもできなかったの。だって、お財布《さいふ》がないから、レジにいけなくて」

「警察《けいさつ》に届《とど》けた？」

「これから届《とど》ける。スーパーの人には、いっておいたわ。どこかに落《お》ちてるのを
だれかが拾《ひろ》って、届《とど》けてくれたらいいんだけど」

「届《とど》けてくれるかなあ」

「親切な人に拾《ひろ》われたらね。でも、落《お》としたのが別《べつ》の場《ば》所《しょ》だったらお手上げか。

困《こま》ったよ」

いまにも泣《な》きだしそうだ。早くも奈《な》津《つ》美《み》がもらいなきの態《たい》勢《せい》に入ってきた。

うっすらとなみだをうかべながらきく。

「お金、たくさん入ってたの？」

「いつもよりね」

具《ぐ》体《たい》的《てき》な金《きん》額《がく》は教えてくれない。でも、おばあちゃんの顔色をみれば、それが
はんぱな額《がく》じゃないことがわかる。

「拾《ひろ》った人が、お金だけぬきとって自分のものにしちゃうことだってあるんで
しょ？」

「悪《わる》い人だったらね」

「ぼくなら、絶対《ぜったい》そんなことしない」

「あたしも」

「あなたたちみたいに正直な人が拾《ひろ》ってくれたらいいのに。そしたらおばあちゃん、よろこんでお礼《れい》の一割《わり》を進呈《しんてい》するよ」

「それで、これからどうするの？」

「警察《けいさつ》に届《とど》けてくる。届《とど》けるには印鑑《いんかん》が必要《ひつよう》だろうと思って、もどってきたの」

おばあちゃんは居間《いま》へいった。自分の旅行《りょこう》バッグを引っかきまわして、印鑑《いんかん》をとりだしてきた。歩き方にもまるで元気がない。

「きょうに限《かぎ》って、どうしてあんなにたくさん入れておいたんだろう」

肩《かた》をがっくり落《お》としている。有市《ゆういち》は、そんなおばあちゃんがいきなりかわいそうになった。いつもみたいに、ああしなさい、こうしなさいと、当然《とうぜん》のような口《く》調《ちょう》で命令《めいれい》してくる威厳《いげん》のようなものが一つもない。

「きょうは晩《ばん》ごはんぬきでも、ぼくぜんぜんかまわないよ」

「あたしも」

「ありがとうね二人とも。でも、悪《わる》いのはおばあちゃんで、あなたたちじゃないもの。晩《ばん》ごはんぬきなんて、とんでもない」

おばあちゃんはいうと、手に印鑑《いんかん》と、買《か》い物《もの》をしなおしてくるための新たなお金をもって玄関《げんかん》に向《む》かった。

「いっしょについていってあげようか?」

「あたしも」

「だいじょうぶ。少しおそくなるかもしれないけど、交番に寄《よ》ってからまたスーパーにいってくる。いい子でお留守番《るすばん》しているんだよ」

玄関《げんかん》のドアをあけようと、手をくつ箱《ばこ》の上においたとたん、声が上がった。

「どうしたの?」

有市《ゆういち》たちがみると、玄関《げんかん》のドアを背《せ》にして立っているおばあちゃんの手に、財《さい》布《ふ》がにぎられているではないか。たったいま、駅前《えきまえ》のスーパーで落《お》としてきたと宣言《せんげん》したばかりの、おばあちゃんの財布《さいふ》だ。

「わ。ここにあった。くつ箱《ばこ》の上。いやだ、それじゃ最初《さいしょ》からお財布《さいふ》、ここにずっとあったんだ。ここにおきわすれていたんだ!」

あのときの、おばあちゃんと奈津美《なつみ》の幸《しあわ》せそうな笑顔《えがお》といったら、なかった。

そうだよ、ぼくはおばあちゃんのことがきらいなわけじゃなかった。困《こま》っているときのおばあちゃんには、やさしくしてやれる自分だっていたんだ。有市《ゆういち》はつくづくと思いかえしていた。


「あなた、大西悠子《おおにしゆうこ》さんですね」

ソーマが話しかけた。

天狗屋《てんぐや》のおばあちゃんは、細い首をこくんとうなずかせて答えた。有市《ゆういち》は、このおばあちゃんの名前を、いま初《はじ》めて知った。

「どうしてわたしの名前を?」

「あなたのことを、探《さが》していたんです。となりに腰《こし》かけてもいいですか?」

「どうぞ」

「ありがとう」

ソーマはいって、頭を下げた。大西《おおにし》さんのとなりに腰《こし》を下ろす。有市《ゆういち》には自分のとなりにすわるようにと、あいているスペースを片手《かたて》でぽんぽんとたたく。

有市《ゆういち》がすわると、ソーマは大西《おおにし》さんのほうを向《む》いて、きいた。

「大西《おおにし》さんはいまここで、なにをされているんですか？」

か細い声が返《かえ》ってきた。

「わたし、人を待《ま》っているんです」

「ほう。もしよかったら、だれを待《ま》っているのか教えてくれませんか」

大西《おおにし》さんはソーマのほうを向《む》いて、軽《かる》く頭を下げた。有市《ゆういち》に視線《しせん》を移《うつ》して、思いだしてくれたみたいだ。しわくちゃな顔をゆがめて笑《わら》ってみせる。

「孫《まご》の亮介《りょうすけ》です。小学五年なの。あなた、そういえばよく、お店にきてくれたわね。あなたもいまは五年生くらい？」

有市《ゆういち》は、はい、と答えたが、同じ小五で大西《おおにし》という名字も亮介《りょうすけ》という名前も、きいたことがなかった。

大西《おおにし》さんは、ほう、という顔をする。それから、じょじょに夕闇《ゆうやみ》に包《つつ》まれてきた公園の入り口のほうをながめやって、いう。

「そろそろ塾《じゅく》が終《お》わるんです。いいえ、もうとっくに終《お》わっているはずなの。きょうはあの子のお母さんにお願《ねが》いして、おむかえの役《やく》を特別《とくべつ》に代《か》わってもらったのよ。いつもこのベンチであの子、お母さんと待《ま》ちあわせしているんです」

「どうして、代《か》わってもらったんですか」

「ふふ。きょうの朝、わたしあの子とちょっとありまして。ささいなことが原因《げんいん》で、あの子、おばあちゃんなんて大きらいだって捨《す》てぜりふ残《のこ》して、学校にいっちゃったんです」

「なにがあったのかな？」

「あの子と約束《やくそく》していたんです。おたんじょう日の朝、新しい筆箱《ふでばこ》をプレゼントするって。でも、わたし、あの子のたんじょう日を一日まちがえていたの。ほんとうはきょうだったのに、あしただとばかり思いこんでいて。それで、朝、プレゼントをわたすことができなかったの」

「まだ買っていなかったんだ」

「はい。それで、あわてて買ってきて、塾《じゅく》の帰りを待《ま》ちうけて、ここでわたして謝《あやま》ろうって思っているんですよ」

ほんのりとうれしそうだ。大事《だいじ》そうにかかえているバッグのなかには、きっとプレゼントの筆箱《ふでばこ》が入っているのだろう。

「もう、どれくらい待《ま》っているんですか」

「さあ、どれくらいかしら」

大西《おおにし》さんはうで時計に目を落《お》とす。

「時計がとまってしまっているの」

「どうしてとまってしまったんでしょう」

「さあ、どうしてかしら」

有市《ゆういち》は、つい口をだしてしまう。

「毎週月、水、金曜日の夕方、塾《じゅく》が終《お》わるのはいつも午後六時でしょ」

「まあ、よくご存《ぞん》じね。そうです、六時には授業《じゅぎょう》が終《お》わります。それからあの子は帰り支度《じたく》をして、ここまで走ってくるんです。だから待《ま》ちあわせの時刻《じこく》はいつも、六時十分っていうことになっているんですよ」

「あなたのうで時計の針《はり》がとまっている、まさにその時刻《じこく》じゃないですか」

「そういわれると、そうだわ」

「どうしてとまってしまったのか、思いだせませんか？」

大西《おおにし》さんは思いだそうとして、記憶《きおく》をめぐらせているみたいな顔になった。頭をぶるぶるっとふってから、いった。

「だめ。思いだせないわ」

ソーマは、長い足を組んだ。

「だったら、わたしが思いださせてさしあげましょうか」

「いいえ、結構《けっこう》よ。そんなことは」

「そんなことって、いったいどんなことだったのでしょうか」

「知りません、忘《わす》れました。それよりわたしは、ここで孫《まご》の亮介《りょうすけ》を待《ま》っているんです。おたんじょう日のお祝《いわ》いに、新しい筆箱《ふでばこ》をここでプレゼントしてやって、あっとおどろかせるの」

ソーマはぴしゃりといった。

「亮介《りょうすけ》くんはとっくに家に帰っています。もう一年も前の、七月中旬《ちゅうじゅん》の金曜日に」

有市《ゆういち》は心のなかで、どひゃっと思った。

「うそよ。そんなことないわ」

「ほんとうです。ただしその金曜日、あなたは家に帰れませんでした」

「なにをいっているの？」

「一年前の七月中旬《ちゅうじゅん》の金曜日の夕方、あなたは亮介《りょうすけ》くんとこのベンチで待《ま》ちあわせるために、車を運転《うんてん》して家をでました。ところがその日、道路《どうろ》がとてもこんでいました。ちょうどその時間、駅前《えきまえ》の飲食店《いんしょくてん》でボヤさわぎがあって、消防車《しょうぼうしゃ》が数台、緊急出動《きんきゅうしゅつどう》していたからです。ふだんなら、待《ま》ちあわせ時刻《じこく》の十分くらい前には、よゆうであけぼの児童《じどう》公園前の路上《ろじょう》につけるのに。その日は、約束《やくそく》の午後六時十分が近づいても、あなたの車は駅前《えきまえ》の大通りをようやく走りぬけて、塾《じゅく》へ向《む》かう大きな交差点《こうさてん》にさしかかるところでした」

前方の信号《しんごう》が黄から赤に変《か》わった。でも、大西《おおにし》さんはあせっていた。ここで車をとめて信号待《しんごうま》ちをしている時間はない。

大西《おおにし》さんはブレーキをふまなければいけないところなのに、あえてアクセルに足を移《うつ》した。そのまま、ぐいっとふみこんだ。車はいよいよスピードを増《ま》して、赤信号《しんごう》の交差点《こうさてん》を一気に走りぬけようとした。

交差点《こうさてん》の中央《ちゅうおう》まで走ってきたときだ。前方の横断《おうだん》歩道に、小さな男の子が風のように走りでてきた。急《きゅう》ブレーキをかけてもまにあわない。大西《おおにし》さんはとっさに男の子との衝突《しょうとつ》を避《さ》けようと、ハンドルを右に切った。タイヤがスリップする音をきいて、横断《おうだん》歩道上で男の子の足がとまった。

安心《あんしん》したのはつかのまだった。大西《おおにし》さんの車はそのまま進行方向《しんこうほうこう》の右側《がわ》にコースをずれて、対向《たいこう》車線の先頭で信号《しんごう》待《ま》ちをしていたバスのほぼ正面《しょうめん》につっこんでいった。

地獄《じごく》の鬼《おに》がほえるような巨大《きょだい》な衝突音《しょうとつおん》がひびきわたった。大西《おおにし》さんの車は、バスのバンパーの下に半分のめりこむようにして、ぐちゃぐちゃになった。大事故《じこ》だった。時刻《じこく》はちょうど午後六時十分だった。

「それで大西《おおにし》さん、あなたはその日、救急車《きゅうきゅうしゃ》で病院《びょういん》に運《はこ》ばれたものの、すぐに死亡《しぼう》が確認《かくにん》されて、病院《びょういん》の霊安室《れいあんしつ》に遺体《いたい》が安置《あんち》されたのです。生きて家には帰れませんでした」

「そんな話、だれが信《しん》じるものですか」

「亮介《りょうすけ》くんはたんじょう日に、大好《す》きだったおばあちゃんを亡《な》くしたんです」

「大好《す》きだった？」

「そうですとも。あなたの遺品《いひん》となったそのバッグのなかから、リボンつきのきれいな包装紙《ほうそうし》にくるまれたたんじょう日プレゼントの新しい筆箱《ふでばこ》がでてきたと知らされたとき、亮介《りょうすけ》くんは大泣《な》きしたんですよ。ぼくがわがままをいったからおばあちゃんは死《し》んじゃったんだといって、それはもう、目をまっ赤にはらして泣《な》きくずれたんです」

「そんなにあの子は、わたしのために泣《な》いてくれたんですか」

「おばあちゃんのこと、世界《せかい》でいちばん大好《す》きだったって。おばあちゃんが生きかえってきてくれるなら、新しい筆箱《ふでばこ》なんてぜんぜんいらないよっていって」

「ううっ、亮介《りょうすけ》……」

大西《おおにし》さんの目にも、大つぶのなみだがあふれだした。ソーマは、これまで有市《ゆういち》や荒川《あらかわ》さんにしてきた説明《せつめい》を、大西《おおにし》さんにもかんでふくめるように話してきかせた。それから、ベンチの手前にある砂場《すなば》の片《かた》すみを指《ゆび》さした。

そこには、ふつうの砂場《すなば》にはあるはずもない暗《くら》い穴《あな》があいていた。同じような穴《あな》は水飲《の》み場の足元にも、ブランコの板《いた》にも、道路《どうろ》にもできていた。どの穴《あな》もじょじょに大きくなって広がってくる。闇《やみ》が、大西《おおにし》さんの作った世界《せかい》を少しずつ埋《う》めてきているのだった。

「わたし、どうすればいいの？」

大西《おおにし》さんが、ウサギのように赤くなった目をしばたたかせてきいた。ソーマが答えた。

「本来、あなたがいるべき世界《せかい》にもどらないといけません」

「でも。わたしは車をバスにぶつけて死《し》んでしまったと、おっしゃったわ」

「そのとおりです。あなたは一年前の七月中旬《ちゅうじゅん》の金曜日の夕方に死《し》んでしまった。お葬式《そうしき》も、いえ、一周忌《しゅうき》もついこのあいだ終《お》わっています。ですから、本来あなたがいるべき世界《せかい》というのは、死後《しご》の世界《せかい》になります」

「死後《しご》の世界《せかい》」

「別《べつ》の言葉《ことば》でいえば、あの世《よ》とも天上とも呼《よ》ばれている世界《せかい》です」

「わたし、そこにいかないといけないの？」

「そこにいってもらいたいのです。亮介《りょうすけ》くんも、娘《むすめ》さんたちのご家族《かぞく》も、あなたを愛《あい》している人たちはだれもがそう願《ねが》っています。あなたがこのような世界《せかい》にとどまって、あらわれもしない相手《あいて》をいつまでも待《ま》っていることを、亮介《りょうすけ》くんやご家族《かぞく》の方々が知ったら、どれほど悲《かな》しい思いをするでしょう」

「わたし、亮介《りょうすけ》にきらわれてしまったとばかり思っていたの、ずっと」

「とんでもない。亮介《りょうすけ》くんは、あなたが迷《まよ》うことなくあの世《よ》へいってくれたかどうか、あの日からずっと心配《しんぱい》しているんですよ」

そこで有市《ゆういち》も、思わず口を割《わ》りこませた。

「ぼくだって自分のおばあちゃんのこと、きらいになってばかりじゃないよ。天《てん》狗屋《ぐや》のおばあちゃん、約束《やくそく》するよ。もとの世界《せかい》にもどったらぼく、亮介《りょうすけ》くんを探《さが》しだして、おばあちゃんのことはもうなにも心配《しんぱい》することないよって、きっと伝《つた》えるから」

「そうしてくれるかい。ありがたいね」

「安心《あんしん》して、その身《み》と心をわたしにゆだねるのです。さあ、いきましょう」

ソーマはベンチから立ちあがった。大西《おおにし》さんに向《む》かって、右手をさしだした。大西《おおにし》さんはおずおずと手をのばした。ソーマの右手に自分の左手を重《かさ》ねた。有《ゆう》市《いち》もあわてて、ソーマの左手にしがみついた。

「だいじょうぶ。おいてはいかないよ」

ソーマは有市《ゆういち》の手をしっかりとにぎりかえしながら、ささやいた。

「有市《ゆういち》くんにはもう一つ、ぜひとも連《つ》れていきたい世界《せかい》があるんだ」

しかし有市《ゆういち》に、その声はほとんどきこえていなかった。なぜなら、思いだしていたからだ。これまでずっと、そんなことは絶対《ぜったい》に思いだすものかと心のおくにかくして、ふたをして、カギをかけていた重大《じゅうだい》な事実《じじつ》を。

そうだよ。ぼくのお母さんも、もうこの世《よ》にいなかった。有市《ゆういち》ははっきりと自覚《じかく》した。お母さんはクモ膜下出血《まくかしゅっけつ》というおそろしい病気《びょうき》にかかって、あっけなく命《いのち》を散《ち》らしたのだった。あれからもう、半年がたっていた。夏休みになってからは、おばあちゃんが家にやってきて、お母さんの代《か》わりをしてくれていたんだ。

それから有市《ゆういち》はおばあちゃんのことを思った。おばあちゃんのそうじや洗濯《せんたく》や料理《りょうり》のし方は、お母さんのそれにくらべると、ぜんぜん満足《まんぞく》がいかなかった。でも、それはよく考えると、おばちゃんはおばあちゃんであって、なにがどうあってもお母さんにはとってかわれないという大きな証拠《しょうこ》だった。

そうだよ。そんなことは当然《とうぜん》なのに、ぼくは毎日おばあちゃんに不満《ふまん》ばかりぶつけていた。おばあちゃんが財布《さいふ》をなくしたといって大さわぎしたときには、あれだけやさしい気持《きも》ちになれたっていうのに。奈津美《なつみ》が味方《みかた》になってくれていなかったら、おばあちゃんはもしかしたら、こんな役目《やくめ》はごめんこうむるといって、さっさといなかに帰っていたかもしれない。

そんなときにぼくは、何ということをしてしまったのだろう。有市《ゆういち》は自転車《じてんしゃ》に乗《の》ってマンションの敷地《しきち》をとびだした直後に巻《ま》きこまれた交通事故《じこ》を思いおこした。こうして改《あらた》めて自覚《じかく》すると、恐怖《きょうふ》でひざがふるえてくる。

この事故《じこ》をおばあちゃんが知ったとき、どんな気持《きも》ちにおそわれるだろう。想像《そうぞう》しただけで、有市《ゆういち》はおばあちゃんに対《たい》して申《もう》しわけなくなって、目の前が暗《くら》くなるのだった。おばあちゃんに謝《あやま》らないと。

有市《ゆういち》は、おばあちゃんのことを思いださせてくれた大西《おおにし》さんを「本来いるべき世界《せかい》」へ案内《あんない》するソーマとともに、闇《やみ》のなかにいた。

## 6　中島朔也《なかじまさくや》の世界《せかい》

闇《やみ》はすぐに晴れわたった。

有市《ゆういち》は学校の教室にいた。

え？　いまは夏休みじゃなかったっけ。有市《ゆういち》は五年一組の、自分の席《せき》にすわっていた。窓際《まどぎわ》の、後ろから二列《れつ》目だ。あたりには、知っている顔や背中《せなか》がいくつもある。どうやらいまは短《みじか》い休み時間で、これからまた授業《じゅぎょう》が始《はじ》まるところらしい。

「どうなってるんだ？」

有市《ゆういち》がつぶやくと、すぐ前の席《せき》にすわっている女子がふりむいて、いった。

「なにがどうなってるって？」

金沢美咲《かなざわみさき》だった。学級副委員長《がっきゅうふくいいんちょう》だ。

「いまがその、夏休みだと思って」

「なにとぼけたこといってるのよ。夏休みまでまだ一か月もあるでしょ」

それから美咲《みさき》は、いつものように相手《あいて》を小ばかにするようなふくみわらいをした。

「わかった。三浦《みうら》くんお昼ねしてたのね。そういえば、気持《きも》ちよさそうないびきがきこえてたかもよ、なんてじょうだんだけど」

あ、ちょっと待《ま》てよ。有市《ゆういち》はいきなり気がついた。そういえば、美咲《みさき》にいまと同じような状況《じょうきょう》で、いまと同じようなじょうだんをいわれたことが、前に一度《ど》あったのを思いだした。ええと、あれはいつごろだったかな。

そのとき、教室の黒板側《こくばんがわ》のとびらが、音をたててひらいた。入ってきたのは、中島朔也《なかじまさくや》だった。そうだよ。朔也《さくや》はたしかに、いまこのタイミングで教室に姿《すがた》をあらわしたのだった、前回も。え、前回っていつだ?

朔也《さくや》のズボンの前の部分《ぶぶん》が、バケツの水を引っかけられたかのように、ぐっしょりぬれている。まるで、おしっこを大量《たいりょう》にもらしてしまったみたいにもみえる。教室内にくすくす笑《わら》いが広がった。

朔也《さくや》は顔を赤らめ、うつむきながら、ろうか側《がわ》の前から二列《れつ》目の席《せき》にすわった。

口のなかで、つぶやいている。

「まちがえて水道の水、かけちゃった」

たしかにその言葉《ことば》は前にもきいたぞ。有市《ゆういち》は思った。何だかいいわけがましくて、おかしかった。右どなりの席《せき》にいる安西美里《あんざいみさと》がくすっと笑《わら》ったので、有市《ゆういち》もつられて笑《わら》ってしまった。ほかにも数人が笑《わら》っている。

先生がくる前に、教室の後ろ側《がわ》のとびらからすべりこみセーフで、安田琢磨《やすだたくま》と日出間翔《ひでましょう》がとびこんでくるはずだ。有市《ゆういち》は予測《よそく》した。それはきっと、チャイムがなった直後だ。

やがてチャイムがなった。有市《ゆういち》の予測《よそく》は外れなかった。教室の後ろ側《がわ》のとびらががたがたとなってひらいた。男子が二人、とびこんできた。いたずら好《ず》きの琢《たく》磨《ま》と翔《しょう》だ。

琢磨《たくま》は、教室の後ろのほうにある自分の席《せき》に向《む》かって歩きながら、わざと鼻《はな》をふんふんさせて、きこえよがしにいった。

「何だかにおわねえか？　この教室」

中央《ちゅうおう》のいちばん後ろにある自分の席《せき》に向《む》かっている翔《しょう》が、応《おう》じた。こちらもきこえよがしだ。やはり、鼻《はな》をふんふんならしている。それは、以前《いぜん》にもそっくりの言葉《ことば》をきいた役者《やくしゃ》のせりふのように予測《よそく》どおり、有市《ゆういち》の耳に届《とど》いた。そう発言《はつげん》するはずだということは、初《はじ》めからわかっていた。

「小便《しょうべん》のにおいだぜ。ろうか側《がわ》の前のほうからする。だれか、もらしやがったか」

教室が爆笑《ばくしょう》のうずに包《つつ》まれた。黒板側《こくばんがわ》のとびらがひらいて、先生が入ってきた。クラス担任《たんにん》の黒沢光子《くろさわみつこ》先生だ。

おやまあ、なにがあったのかしら？　さあさあ、みなさん、静《しず》かにしましょう。

先生が開口《かいこう》いちばん、ならべるにちがいない言葉《ことば》が、有市《ゆういち》の記憶《きおく》の片《かた》すみにうかびあがった。

「おやまあ、なにがあったのかしら？　さあさあ、みなさん、静《しず》かにしましょう」

先生はそのとおりの言葉《ことば》を口にした。だれも答える者《もの》がいなかったので、授業《じゅぎょう》が始《はじ》まった。たいくつな社会科の授業《じゅぎょう》だった。

朔也《さくや》とは三年生のときから、ずっと同じクラスだった。こんど、五年生になってクラス替《が》えがあったが、親友の啓太《けいた》と同じく、引きつづき同じクラスになったひとりだった。でも、前からそれほど親しくつきあっている相手《あいて》とはいえなかった。

始業式《しぎょうしき》の日に新しいクラスで発表《はっぴょう》しあった自己紹介《じこしょうかい》によると、朔也《さくや》はマンガやイラストを描《か》くのが趣味《しゅみ》らしい。それをきいて、そういえば三年生のときにもあいつ、クラスの自己紹介《じこしょうかい》で同じようなことをいっていたなと、有市《ゆういち》は思いだした。これといって特別《とくべつ》に仲《なか》よしの友達《ともだち》もいないみたいだ。

同じクラスに二年以上《いじょう》もずっといる相手《あいて》だというのに、有市《ゆういち》がふだん朔也《さくや》と、教室のなかでも外でもあまり話をしないのは、これといって大きな理由《りゆう》があるからではない。有市《ゆういち》はいつも親友の啓太《けいた》とほとんど行動《こうどう》をともにしていたから、ほかのクラスメートとことさら親しくつきあう必要《ひつよう》がなかった。たとえだれかと仲《なか》よくするとしても、朔也《さくや》の影《かげ》はとても薄《うす》かった。それに、朔也《さくや》の家はクリーニング店を経営《けいえい》していた。クリーニング店のある商店街《しょうてんがい》は、有市《ゆういち》や啓太《けいた》が暮《く》らしているマンションの、学校をはさんで正反対《せいはんたい》にあった。道をいっしょに歩く機会《きかい》がほとんどなかった。

ところがいま、有市《ゆういち》は社会科の授業《じゅぎょう》を受《う》けながら、朔也《さくや》のことがなぜかいきなり気になりはじめた。そんなことは、前回はちらりとも思わなかったのに。

前回？

そうだった。有市《ゆういち》はこの日のこの授業《じゅぎょう》を、たしか一か月くらい前に、そっくりそのまま受《う》けていたことを思いだした。あれは七月下旬《げじゅん》の金曜日だった。そうだよ、その日最後《さいご》の授業《じゅぎょう》が社会科だった。だったら金曜日にちがいない。ほかに、その日最後《さいご》の授業《じゅぎょう》が社会科になる曜日はないのだから。いまは、その日に受《う》けたその授業《じゅぎょう》を、有市《ゆういち》はもう一度《ど》くりかえす形で受《う》けているのだろうか？

これって何だ？　有市《ゆういち》は先生の話に耳をかたむけるふりをして、考えをめぐらせた。ソーマの端正《たんせい》な顔が思いうかんだ。人間が頭のなかで作りあげたさまざまな世界《せかい》を縦横無尽《じゅうおうむじん》にとびまわる、世界《せかい》の観察者《かんさつしゃ》であり、たぶん修復者《しゅうふくしゃ》でもあるのだろう。いま、そのソーマはどこにいるのだろう。大西《おおにし》さんをあの世《よ》へ案内《あんない》し、有市《ゆういち》をこの世界《せかい》に連《つ》れてきた。そのまま、どこかに姿《すがた》をくらましたらしい。

ということは、ここはきっと、だれかの心が作っている世界《せかい》なんだ。現実《げんじつ》の世《せ》界《かい》ではあるわけがない。でも、だれの心が作っている世界《せかい》だろう？　有市《ゆういち》はあたりをうかがった。授業中《じゅぎょう》の五年一組のクラスメートたちは、だれもが現実《げんじつ》の存在《そんざい》としか思えなかった。みんな生き生きとしている。

それから有市《ゆういち》は、ろうか側《がわ》の前から二列《れつ》目の席《せき》にすわっている朔也《さくや》の横顔《よこがお》をみた。ノートに向《む》かって、手にしたえんぴつをせっせと動《うご》かしている。一心不乱《ふらん》ともいえる。先生の話をいちいちメモしているのだろうか。ずいぶん熱心《ねっしん》な授業態度《じゅぎょうたいど》だ。

と、こちらの視線《しせん》に気がついたのか、朔也《さくや》が首をまわして、有市《ゆういち》をみた。にこっと笑《わら》った。えんぴつをもっていないほうの手をにぎり、親指《おやゆび》だけをつきたてるサインを送《おく》ってよこした。すると有市自身《ゆういちじしん》もおどろいたことに、右手で作ったサインを朔也《さくや》に向《む》かって送《おく》りかえしたのだった。このあたりから、一か月前にそうだったようなくりかえしの感覚《かんかく》はもう消《き》えてなくなっていた。

そうなんだ。ぼくと朔也《さくや》は、思っていたより仲《なか》よしだったんだ。有市《ゆういち》の頭を、そんな記憶《きおく》がかすめてとおった。が、どこまでがほんとうの記憶《きおく》なのかはわからない。いずれにしても、それは新しい発見《はっけん》だった。あやしくも、不思議《ふしぎ》な気分だった。しかし、有市《ゆういち》がほんとうにおどろくのは、これからだった。

社会科の授業《じゅぎょう》が終《お》わって、全員《ぜんいん》が帰り支度《じたく》を始《はじ》めた。有市《ゆういち》はいつも、啓太《けいた》といっしょに教室をでて、マンションまでの道を、肩《かた》をならべて歩く。ところが、この世界《せかい》ではちがった。啓太《けいた》と二人でろうかにでると、そこに朔也《さくや》が待《ま》っていた。当然《とうぜん》のように。

「おう朔也《さくや》、きょうはひどい目にあったな。ズボンはもうかわいたのか?」

きいたのは啓太《けいた》だった。

「うん、何とかね。でも、ほんと、ひどい目にあったよ」

朔也《さくや》は、啓太《けいた》と有市《ゆういち》のほうにてのひらを向《む》けた。三人で順番《じゅんばん》に片手《かたて》でハイタッチを交《か》わした。

有市《ゆういち》の口が、自然《しぜん》にひらいた。

「さっきは水道の水がかかったっていってたけど、ほんとはかけられたんだよね。ぼくも啓太《けいた》も知ってるぞ、朔也《さくや》」

「じつをいうと、そうなんだ」

朔也《さくや》はおずおずとした様子《ようす》で説明《せつめい》する。

「トイレをすませてでてくるときだった。手を洗《あら》ってると、いつのまにかあの二人がぼくのま後ろにきてて。日出間《ひでま》くんが、ほら、もっとよく手を洗《あら》えよっていうんだ」

「いらないお世話《せわ》じゃないか」

「うん。ぼくもそう思って、水をとめようとしたんだ。そしたら急《きゅう》に安田《やすだ》くんが手をのばしてきて、じゃぐちを半分指《ゆび》でおさえたの。ちょうど水がぼくのズボンの上にとびちるような角度《かくど》にして。パンツまでぬれちゃった」

「ひどいことをするやつらだ」

啓太《けいた》はいかりをあらわにしている。有市《ゆういち》も、だまってはいられない。

「ただのいたずらじゃすまされないね」

「みんな、ぼくがおしっこもらしたって思っただろうな」

有市《ゆういち》は首を左右にふる。

「ぼくはそんなこと思わなかったよ。朔也《さくや》がおしっこなんてもらすわけないさ」

「おれもだ。またあの二人にいたずらされたのかって、すぐわかったぞ」

「朔也《さくや》はやさしすぎるんだよ」

有市《ゆういち》の口が自然《しぜん》に動《うご》く。

「ぼくがあいつらにそんなことされたら、絶対《ぜったい》ただじゃすまさない」

「おれもだ。よし、これから三人であいつらのところに文句《もんく》をいいにいってやろう」

啓太《けいた》の提案《ていあん》に、朔也《さくや》は首を横《よこ》にふる。

「いいんだよ。もうすんだことだし。ズボンもいちおうかわいたし。それによく考えたら、ぼくが用心してなかったからいけないんだ」

「そんなことないって」

「人がよすぎるぞ、朔也《さくや》は。おっ、その手になにもってるんだ？」

啓太《けいた》にきかれて、朔也《さくや》はさっきから手にしているノートを、二人の前にかかげてみせた。

「わ、すごい」

「そっくりじゃないか」

それはえんぴつで描《か》いた黒沢《くろさわ》先生の似顔絵《にがおえ》だった。いまにもそのぬめぬめしたくちびるが動《うご》いて、しゃべりだしそうだ。細部《さいぶ》にいたるまで、じつにリアルに描《えが》かれている。

有市《ゆういち》は思いあたった。

「そうか。授業中《じゅぎょうちゅう》に描《か》いてたのがこれだな」

「えんぴつもつと、つい手が動《うご》いちゃうんだ」

「朔也《さくや》は絵の天才だな」

まったく啓太《けいた》のいうとおりだ。

朔也《さくや》をまんなかに、三人でならんでろうかを歩いた。教室のある三階《がい》から階段《かいだん》を一階《かい》まで降《お》りる。玄関《げんかん》でくつをはきかえる。

最初《さいしょ》にくつをはきかえてしまった有市《ゆういち》が、まだかがんでくつをはいている朔也《さくや》の背中《せなか》に向《む》かっていう。

「いいか朔也《さくや》、こんど安田《やすだ》と日出間《ひでま》がまたおまえにへんないたずらしかけてきたら、必《かなら》ずぼくたちに知らせろよ。現行犯《げんこうはん》でとっちめてやる。だまってたらだめだ。約束《やくそく》だからな」

啓太《けいた》も言葉《ことば》をつなげる。

「忘《わす》れるなよ。いくらあいつらが少しばかり体が大きいからって、おれたち三人が力を合わせたら、こわいものなんてないんだ」

「そうだぞ。忘《わす》れるなよ」

有市《ゆういち》がだめおしのようにいって、三人はまたならんで校門に向《む》かった。

「それじゃまた」

「じゃあね」

「じゃあね」

有市《ゆういち》と啓太《けいた》は、校門の前をとおっている道路《どうろ》を、自分たちの家があるのとは反《はん》対方向《たいほうこう》に歩いていく朔也《さくや》に手をふった。朔也《さくや》もちぎれんばかりにふりかえしてくる。

それから有市《ゆういち》は、啓太《けいた》と肩《かた》をならべて歩きはじめた。マンションに向《む》かう一本道だ。

不意《ふい》に夕暮《ゆうぐ》れが深《ふか》まった。いっしょに歩いているとばかり思っていた啓太《けいた》がいない。有市《ゆういち》はあたりをみまわした。なぜか、道を歩いているのは有市《ゆういち》ひとりだけだった。通行人の姿《すがた》がとだえている。

と、前方に人影《ひとかげ》があらわれた。背《せ》が高く肩《かた》はばの広いその男性《だんせい》は、どこか都会《とかい》的《てき》センスのただよう青っぽい服《ふく》に身《み》を包《つつ》んでいる。

「やあ、有市《ゆういち》くん」

ソーマは気さくな声を投《な》げてよこした。

「この世界《せかい》をだれが作ったか、もうわかったかな」

「朔也《さくや》だね」

ソーマはうなずいた。

「いまからちょうど一か月前のことだ。金曜日の六時間目にあたる社会科の授業《じゅぎょう》時間に、朔也《さくや》くんはこんな世界《せかい》を作っていたんだ」

有市《ゆういち》はあたりをみまわした。

「いま、朔也《さくや》はどこにいるの？」

「いまは、この世界《せかい》にいない」

「どういうこと？」

「朔也《さくや》くんは本来彼《かれ》がいるべき世界《せかい》と、いまわたしたちが訪《おとず》れているこの世界《せかい》を、いつもいったりきたりしているんだ」

「いったりきたりっていうと」

「そうだね。本来自分がいるべき世界《せかい》にたえられなくなったときは、この世界《せかい》にやってくる。でも、いつまでもこの世界《せかい》にとどまることはない。やっぱり、現実《げんじつ》の世界《せかい》でがんばらなくちゃと思ったときは、この世界《せかい》をあきらめて、本来いるべき世界《せかい》にもどるようにしているんだよ」

「ふーん」

「だけど、有市《ゆういち》くんには、この世界《せかい》のことをもう少しばかり知ってもらいたいんだ。というより、朔也《さくや》くんのことをといったほうがいいかもしれないね。そうだな、五月の連休《れんきゅう》が終《お》わってまもないころだ。朔也《さくや》くんはこの世界《せかい》に一度《ど》やってきて、有市《ゆういち》くんとこんな会話を交《か》わしているんだ。といっても、それは朔也《さくや》くんが勝手《かって》に作りあげた世界《せかい》での会話だから、実際《じっさい》の有市《ゆういち》くんの記憶《きおく》にはさっぱり残《のこ》っていないわけだが」

つけたすように、いった。

「その日の夕方、朔也《さくや》くんは、有市《ゆういち》くんのお母さんが二月に亡《な》くなっていたことを、お父さんから初《はじ》めてきかされたんだ」

ソーマの姿《すがた》が消《き》えた。

夕暮《ゆうぐ》れの道を、だれかが歩いてくる。どんどん近づいてくる。朔也《さくや》だった。

「有市《ゆういち》、ぼく、たったいまきいたんだ」

「きいたって、なにを？」

有市《ゆういち》の口からは、考えなくても自然《しぜん》に言葉《ことば》がとびだしてくる。

「お母さん、死《し》んじゃったんだってね、二月に。ぼく、ぜんぜん知らなかった。もっと早く教えてくれたらよかったのに」

「クモ膜下出血《まくかしゅっけつ》っていう、頭の血管《けっかん》の病気《びょうき》だったんだ。あっというまだったよ」

「かわいそうに。ぼくのお母さんも、ぼくが三年生のときの十月に死《し》んじゃった」

「え、そうだったの」

「胃《い》の病気《びょうき》で、手術《しゅじゅつ》してから一か月も入院《にゅういん》したけど、けっきょく助《たす》からなかったんだ」

「そうか……」

「うん。でもぼく、いまはもうだいじょうぶだよ」

「悲《かな》しくないの？」

「そりゃ、ときどきは、元気だったころのお母さんのこと思いだして、悲《かな》しくなることもあるよ。けど、いまはだいじょうぶ」

「どうして?」

「お母さんね、死《し》んじゃったけど、それですべてが終《お》わりじゃないってことがわかったんだ。たましいになってあの世《よ》にいったら、そこでしばらくゆっくり羽《はね》をのばしてさ。それから、また赤ちゃんになってこの世《よ》に生まれかわってくるんだよ」

「赤ちゃんになるんだ」

「そうだよ。くわしい仕《し》組《く》みはわからないけど、お母さん、そのうちどこかの家の赤ちゃんになって、生まれかわってくるんだ」

「じゃあ、またいつか、どこかで会えるかもしれないってことだな。だったら、そんなに悲《かな》しくないか」

「でしょ?」

「でも、朔也《さくや》はどうしてそんなこと知ってるんだ?」

「本で読んだんだ」

「そんなこと書いてある本があるの？」

「あるよ。もしよかったら、有市《ゆういち》に貸《か》してあげてもいいよ」

「ほんと？　だったら貸《か》してもらおうかな」

「わかった。じゃあ、こんど学校にもってくるね」

「サンキュウ」

「だけど、ちょっとおかしくない？」

「なにが」

「ぼくたちのお母さん、どっちもそのうち赤ちゃんになって生まれかわってくるわけでしょ。そしたら、そのときのぼくたちよりずっと子どもだってことじゃない」

「ほんとだ」

「笑《わら》っちゃうよね」

「うん。笑《わら》っちゃう」

「それじゃ、またあした学校で」

「うん。きょうはきてくれてサンキュウ」

「ううん、いいんだよ」

「じゃあね」

「じゃあね」


「というわけだ」

いきなり、どこからともなくあらわれたソーマが、そういった。朔也《さくや》はもう、どこにもいなかった。

「朔也《さくや》くんは引っこみ思案《じあん》なんだ。心のなかでこんなこともしたい、あんなこともしたいと、いつも思っているんだ。なかなか実行《じっこう》できないんだがね。でも、ほんとうは、とてもやさしい心をもった子なんだろうな。じつに魅力的《みりょくてき》なエネルギーをもっている」

「あの朔也《さくや》がこんなことを思ってたなんて、ぜんぜん知らなかったよ」

「知ってよかったかな」

「そうだね。知ってよかったと思う。ありがとうございます、ソーマ」

有市《ゆういち》の心は、予想《よそう》していなかったおみやげを突然《とつぜん》手にした人のほっぺたみたいに、ほっこりとふくらんだ。

「有市《ゆういち》くん、きみのお母さんが死《し》んでしまったとき、きみは親友の啓太《けいた》くんといっしょになって、力を落《お》としてしまった妹の奈津美《なつみ》ちゃんのために、いろいろと努力《どりょく》しただろう。あのうるわしい愛《あい》と熱意《ねつい》も、やはりとても魅力的《みりょくてき》なエネルギーなんだよ」

いいながらソーマがのどをごくっといわせたような気配《けはい》を、有市《ゆういち》は感《かん》じた。もちろん、ただの錯覚《さっかく》にちがいない。

「朔也《さくや》くんの、心が傷《きず》ついたきみに対《たい》する思いやりの気持《きも》ちや、友達《ともだち》になってほしいと願《ねが》う熱心《ねっしん》な思いも、わたしにとっては極上《ごくじょう》のワインのような芳醇《ほうじゅん》さをかもしだしてしまう。おっと、ついつまらんことを口走ってしまった。それじゃ、有市《ゆういち》くん」

ソーマがいって、右手をさしだした。

「そろそろ、帰るべき世界《せかい》に帰る時間がやってきたみたいだぞ」

有市《ゆういち》は、はっとわれに返《かえ》った。

「帰るべき世界《せかい》っていうのは、その……駅前《えきまえ》の井上《いのうえ》脳《のう》外《げ》科《か》病院《びょういん》だっけ」

ソーマは白い歯《は》をみせる。

「そこでぼくは、まだ意識《いしき》不明《ふめい》なの？」

「きみの意識《いしき》はそっくりそのまま、ここにきている。だが、いつまでもここにいつづけるわけにもいかない。さあ」

ソーマがさらに手をのばした。有市《ゆういち》は、一歩後ろに下がった。

「ちょ、ちょっと待《ま》って」

有市《ゆういち》の脳裏《のうり》に、病院《びょういん》の集中治療室《しゅうちゅうちりょうしつ》の光景《こうけい》がうかびあがった。ソーマのさっきの説明《せつめい》によると、マンションの敷地《しきち》から車道にとびだした有市《ゆういち》は、猛《もう》スピードで走ってきた乗用車《じょうようしゃ》に追突《ついとつ》されたという。自転車《じてんしゃ》ごと空中にはねとばされたその体は、アスファルトの路面《ろめん》にたたきつけられて、「糸の切れたあやつり人形」になったらしい。

おそらく、体中の骨《ほね》はばらばらになっているだろう。脳死《のうし》はまぬがれたといっても、頭に受《う》けたダメージだってかなりのものにちがいない。たとえ命《いのち》が助《たす》かっても、これからどんな後遺症《こういしょう》に悩《なや》まされるかもわからない。いずれにしても、意《い》識《しき》がもどったときの体の苦痛《くつう》といえば、いったいどれほどのものなのか。

「おいおい、この期《ご》におよんでなにをためらっているんだ」

あいかわらず右手を有市《ゆういち》のほうにさしだしたままのソーマが、形のよいあごを左右にふっていった。

「さっさとしなさい」

「え」

ソーマがそんな、命令的《めいれいてき》ないい方をしたのは初《はじ》めてだった。有市《ゆういち》はのばしかけていた手を、ふたたび引っこめた。

「帰るべき場所《ばしょ》に帰るんだ。きみにはもう、選《えら》んでいる時間はない」

いって、ソーマが有市《ゆういち》の手をがっちりとつかんだときだった。声が落《お》ちてきた。

「いけません有市《ゆういち》、そいつといっしょにいったら。そいつはあやかしなのですから」

お母さんの声だった。

# 7 束縛《そくばく》をのがれるために

「お母さん？」

有市《ゆういち》はあたりをみまわした。

「さあ、いくとしようか有市《ゆういち》くん」

「だめだよ、ちょっと待《ま》って」

いって有市《ゆういち》は、ソーマにつかまれている手をふりはらった。大男で、みるからに腕力《わんりょく》の強そうなソーマなのに、手は簡単《かんたん》に離《はな》れてしまった。どうやら筋肉《きんにく》の力より気合いのほうが、この世界《せかい》ではものをいうらしい。

「きこえなかったの？ いま、お母さんの声がしたんだ」

「そうだったかな。いや、わたしにはなにもきこえなかったが」

ソーマが肩《かた》をすくめるようにして答えたとき、お母さんの声がまたきこえた。こんどは、もっと近いところから。

「有市《ゆういち》、よくききなさい。あなたがいまいっしょにいるその男はあやかしなの。妖怪《ようかい》といってもいいでしょう。ソーマと名乗《なの》っているわね。どんな字を当てはめるのか、きいてごらんなさい。ソーは夢想《むそう》の想《そう》、マは魔物《まもの》の魔《ま》よ。想魔《そうま》は、本来いるべき世界《せかい》をぬけだして別《べつ》の世界《せかい》をさまよっている人間のたましいから、夢《ゆめ》や希望《きぼう》を吸《す》いとって生きているの」

「おいおい、こんどはきこえたぞ。だが、いきなり何てことをいうんだ」

「お母さん。ねえ、どこにいるの？」

有市《ゆういち》はさらに声を大きくして、前後左右に視線《しせん》をさまよわせた。と、お母さんの姿《すがた》が、かなたにうかびあがった。

「お母さん！」

いつのまにか空がどんどん低《ひく》くなって、夕闇《ゆうやみ》のような暗《くら》さが迫《せま》ってきている。あたりには濃《こ》い灰《はい》色の霧《きり》が立ちこめている。そこは、これまで有市《ゆういち》がいた、人間のだれかが頭のなかで作った世界《せかい》とはたたずまいがちがっている。家もビルも道《どう》路《ろ》も樹木《じゅもく》もない。大地には草木一本生えておらず、無表情《むひょうじょう》な岩と砂地《すなち》がどこまでもつづいている。

お母さんは空中をすべるような足どりで、有市《ゆういち》のほうに近づいてきた。その姿《すがた》がだんだん大きくなる。やがて、手をのばせば届《とど》きそうなところまでやってきた。

有市《ゆういち》はお母さんにだきしめてもらいたかった。両《りょう》うでをのばして、とびついていった。いや、とびつこうと思った。ところが、それができなかった。体がそのままお母さんの体をとおりぬけてしまった。いままで目の前にいたお母さんが、いまはま後ろにいた。

「お母さん?」

「有市《ゆういち》、ごめんね。この世界《せかい》でお母さんと有市《ゆういち》は、触《ふ》れあうことができないの。お母さんがここであなたと話ができて、姿《すがた》をみせていられる時間も、限《かぎ》られているの」

「どうして?」

「ここは、あなたが作りあげた世界《せかい》ではないからよ。想魔《そうま》が作った世界《せかい》なの。ここに立っているかのようにみえるお母さんのたましいは、いまは別《べつ》の世界《せかい》にいるの」

「どういうこと?」

それには答えず、お母さんはつづけた。

「想魔《そうま》はあなたを連《つ》れて、いくつかの世界《せかい》をめぐってみせたでしょ。荒川《あらかわ》さんの世界《せかい》、大西《おおにし》さんの世界《せかい》、そして朔也《さくや》くんの世界《せかい》。どうしてそんなことしてみせたんだと思う？」

有市《ゆういち》は思いかえしながら、考えた。荒川《あらかわ》さんの世界《せかい》は、いってみれば夢想《むそう》の世《せ》界《かい》だった。大西《おおにし》さんのは、死《し》んでもまだ死《し》んだと気がついていない人の世界《せかい》だった。朔也《さくや》のは、日常《にちじょう》がこうだったらいいのになという、願望《がんぼう》の世界《せかい》だったかもしれない。

「どうしてだろう」

「あなたに想魔《そうま》の行いを信用《しんよう》させて、身《み》も心もすっかりゆだねさせるためよ。でも、お母さんは天上のこちら側《がわ》からすべてをしっかりみていたの。荒川《あらかわ》さんのたましいはたしかに、マンション近くを流《なが》れる大川《おおかわ》の橋《はし》のたもとに帰ったけれど、大作家をめざしたいというあふれるばかりの大きな夢《ゆめ》はみんな、想魔《そうま》が吸《す》いとってしまったわ。大西《おおにし》さんのたましいもたしかに、いまお母さんがいる天上のこちら側《がわ》に上ってきたけれど、愛《あい》する孫《まご》のことを思いやるやさしいおばあちゃんとしての気持《きも》ちはみんな、想魔《そうま》のものになってしまったの」

「朔也《さくや》はどうなったの？　朔也《さくや》が現実《げんじつ》の世界《せかい》で、ぼくや啓太《けいた》と仲《なか》よしになりたいって、ずっとふくらませていた願《ねが》いは」

「だいじょうぶ。朔也《さくや》くんは、現実《げんじつ》の世界《せかい》のなかの自分と、願望《がんぼう》の世界《せかい》のなかの自分をしっかり区別《くべつ》できる子だから。でも、想魔《そうま》はあなたをおとりにして、朔也《さくや》くんのあなたや啓太《けいた》くんに向《む》けた友情《ゆうじょう》の夢《ゆめ》と、あなた自身《じしん》が朔也《さくや》くんに向《む》けていだきはじめた友情《ゆうじょう》の夢《ゆめ》とを、あわよくば同時に摘《つ》みとってしまおうと、いまもたんたんとねらっているみたい」

「まったく、人ぎきの悪《わる》いことをいう。いったい、どんな根拠《こんきょ》があるのかな」

ソーマ、いや、いまやその正体が、自分の世界《せかい》を作りあげた人間のたましいから夢《ゆめ》や希望《きぼう》を吸《す》いとって生きているあやかしだと指摘《してき》された想魔《そうま》がつぶやいた。

お母さんは、相手《あいて》にしなかった。

有市《ゆういち》は、目の前にゆらりと立っているお母さんに手をのばした。手はまたその体をすりぬけたが、お母さんは確実《かくじつ》にそこにいて、自分のことをみているのがわかった。

想魔《そうま》がいった。

「さて、そこにいるのはきみのお母さんのようにもみえるが、いっていることは支離滅裂《しりめつれつ》だ。だいたい、あの世《よ》にいなければならないお母さんが、どうしてここに姿《すがた》をあらわさないといけないんだ？　もしかしたら、そいつはにせもののお母さんかもしれないぞ。それこそ、あやかしだ。あまりかかわらないほうがいいだろう。それより、ようやく本来いるべき世界《せかい》にもどれるチャンスがめぐってきたんだ。さあ、もう一度《ど》、その手をわたしに託《たく》しなさい。駅前《えきまえ》の井上《いのうえ》脳外科病院《のうげかびょういん》の集中治療室《しゅうちゅうちりょうしつ》へ急《いそ》ごうじゃないか。案内《あんない》するぞ」

「有市《ゆういち》、想魔《そうま》の話をきいたらだめ。想魔《そうま》はほんとうとうそとを微妙《びみょう》に混《ま》ぜあわせながら、人の心をあざむくことが得意《とくい》なの」

「お母さんのいってること、ほんとう？」

「わたしがそんなやつにみえるか」

「でも、お母さんはそういってる」

「そこにみえているのは、きみのお母さんの幻影《げんえい》さ。本物《ほんもの》じゃない」

「いけません有市《ゆういち》、話をきいたら。相手《あいて》の思うつぼよ。想魔《そうま》を信用《しんよう》して身《み》や心をゆだねてはだめなの。荒川《あらかわ》さんや大西《おおにし》さんと同じように、たましいにとっていちばん大事《だいじ》な夢《ゆめ》や希望《きぼう》を吸《す》いとられてしまうから」

「でも、あの人たちはけっきょく、本来いるべき世界《せかい》に帰ったんでしょ」

「そのとおりだ。あの人たちの迷《まよ》えるたましいを、夢想《むそう》の世界《せかい》や、この世《よ》とあの世《よ》の中間に作った世界《せかい》から救《すく》いだして、本来もどるべき、あるいはいくべき世界《せかい》に連《つ》れていくのが、わたしの役割《やくわり》なのだから」

「そんな言葉《ことば》を信用《しんよう》しちゃだめ。あの人たちのたましいがいくらもとの世界《せかい》や、いくべき世界《せかい》にたどりついたとしても、想魔《そうま》はそれと引きかえに、夢《ゆめ》も希望《きぼう》も願《ねが》いも祈《いの》りも、すべてを吸《す》いとってしまうのだから」

「いいがかりだ」

想魔《そうま》は、太い首を左右にふった。

お母さんはつづけた。

「さっきの話をくりかえすわね。朔也《さくや》くんはほんの数時間前、学校の緊急連絡《きんきゅうれんらく》で、あなたが交通事故《じこ》にあったことを知らされたの。それで、もしかしたらまた彼《かれ》があなたのことを思って、自分の作った世界《せかい》にやってくるかもしれないと考えた想《そう》魔《ま》は、そのときこそ有市《ゆういち》、あなたをおとりに使《つか》って朔也《さくや》くんともども、二人のたましいから、あらゆる夢《ゆめ》や希望《きぼう》、願《ねが》いや祈《いの》りをうばいとってやろうとねらっていたのよ。そのことを忘《わす》れないで」

「おいおい、人の好意《こうい》にケチをつけるものじゃない。そこの幻影《げんえい》はほんとうに有《ゆう》市《いち》くんのお母さんのものなのか？　実際《じっさい》のたましいは、いまははるかな天上にいるわけだ。たましいはしっかりとそこにおいて、声と姿《すがた》だけで、どうしてこんな場所《ばしょ》まで降《お》りてきたんだ。息子《むすこ》を思う強い愛情《あいじょう》というわけか。ならば、たましいもいっしょに引っさげてきなさい。息子《むすこ》としっかりだきあうこともできるはずだ。いやいや、一度《ど》天上に上ってしまったたましいは、どう逆立《さかだ》ちしようと、こちらの宇宙《うちゅう》にもどってくることはできない相談《そうだん》だったかな」

お母さんは想魔《そうま》の言葉《ことば》を完全《かんぜん》に無視《むし》して、さらにいった。

「有市《ゆういち》、あなたのたましいから夢《ゆめ》や希望《きぼう》を失《うしな》わせてなるものですか。よくききなさい。あなたがいま受《う》けているたましいの束縛《そくばく》から自由《じゆう》になって、もといた世界《せかい》へもどるためには、想魔《そうま》の力なんて一切《いっさい》借《か》りたらいけません。あなた自身《じしん》が心の底《そこ》からの自由《じゆう》を求《もと》めて、なにが何でももときた世界《せかい》に帰るんだという、強い信念《しんねん》をもたなければいけないの」

「強い信念《しんねん》？」

「そう。心に強く念《ねん》じるのよ。だれの助《たす》けも借《か》りないで、すべて自分の力でもときた世界《せかい》にしっかり帰るんだって。無心《むしん》になって、そのことだけをひたすら念《ねん》じるの。そうしないと想魔《そうま》は、あなたの心のなかから、お母さんと過《す》ごした日々の思い出だってうばいとっていこうとするはずよ」

「そんなことさせるものか。でも、ぼく、無心《むしん》になれっていわれても」

「そうさ。それはむりというものだ。まだ小学五年生の子どもじゃないか。修行《しゅぎょう》を積《つ》んだ高僧《こうそう》ならまだしも、そんな子どもが邪念《じゃねん》をとりのぞき、無心《むしん》になって念《ねん》じるなんて」

想魔《そうま》のいい分はもっともだ。いやいや、そんなふうに納得《なっとく》してはいけなかった。

有市《ゆういち》の頭は混乱《こんらん》した。お母さんがいった。

「無心《むしん》になる代《か》わりに、何でもいいから一つのことだけを考えて、気持《きも》ちを集《しゅう》中《ちゅう》させてもいいのよ。それによってまず、想魔《そうま》がそこにいることを忘《わす》れることができるわ」

「いいよ、わかった。じゃあ、無心《むしん》になる代《か》わりになにを考えようか」

「わたしが人畜無害《じんちくむがい》の世界《せかい》の観察者《かんさつしゃ》なのか、それとも、人のたましいから夢《ゆめ》と希《き》望《ぼう》を吸《す》いとって生きているあやかしなのかを考えるというのはどうだろう。興味《きょうみ》深《ぶか》いことだぞ」

「耳を貸《か》さないで。いまのあなたにとって大切なのは、そこにいる想魔《そうま》の存在《そんざい》を頭のなかから完全《かんぜん》にしめだすことなんだから」

「そんなことができるはずはない。ここはわたしの世界《せかい》だ。きみたちはわたしの世界《せかい》に足をふみいれているというのに、ここからわたしをしめだそうというのか」

想魔《そうま》の声には、どこか悲痛《ひつう》なひびきさえこもっている。お母さんが重《かさ》ねる。

「有市《ゆういち》、いまからは一切《いっさい》、想魔《そうま》の相手《あいて》をしてはいけません。これはゲームみたいなものだと思えばいいわ。くりかえすけど、あなたがいまいるこの世界《せかい》の束縛《そくばく》からぬけだして自由《じゆう》になるたった一つの方法《ほうほう》は、頭のなかからまず想魔《そうま》の存在《そんざい》を完《かん》全《ぜん》に追《お》いはらうことなの。忘《わす》れることなの。ほんの数分、それができればあとは簡単《かんたん》。もといた世界《せかい》にもどるんだと強く念《ねん》じるだけで、あなたは必《かなら》ずもとの体に帰れるわ。駅前《えきまえ》にある井上脳外科病院《いのうえのうげかびょういん》の集中治療室《しゅうちゅうちりょうしつ》で、意識《いしき》をとりもどせるのよ」

有市《ゆういち》はうなずいた。

「よし。じゃあぼく、お母さんが生きていたとき、家族《かぞく》でいっしょに過《す》ごした楽しかったことをあれこれ思いだしてみるね」

「つまらないことをするんじゃない。いいかい有市《ゆういち》くん。いまきみは、このわしとともに、とても貴重《きちょう》な体験《たいけん》をしているところなのだから。おすすめの世界《せかい》の観察《かんさつ》は、たったいま終《お》わったところだ。きみは少しでも早く、本来きみがいるべき世界《せかい》にもどらなければいけない。それは、現実《げんじつ》の世界《せかい》の、きみが暮《く》らしている町の駅前《えきまえ》にある、井上脳外科病院《いのうえのうげかびょういん》の集中治療室《しゅうちゅうちりょうしつ》だ。これからわたしが、きみをそこへ連《つ》れていってやろう。いちばん手っとりばやい方法《ほうほう》だと思うけどね。つまらないことを考えるのはやめにして、わたしの手をにぎりなさい。身《み》も心もわたしにゆだねればいい」

「いやだ。そんなことといって、ぼくの心のなかからお母さんの思い出をうばいとろうっていうんじゃないか」

お母さんはうれしそうに有市《ゆういち》をみている。そのハシバミ色をした、なつかしい慈愛《じあい》に満《み》ちたひとみにのぞかれているだけで、有市《ゆういち》の心はぐっと落《お》ちついた。

「あまり時間はないけど。いっしょに過《す》ごした日々の、楽しかった思い出を、いくつか考えてみない？」

「うん。それがいいや」

「過《す》ぎてしまって、もう二度《ど》ともどってくることのない日々の思い出を指折《ゆびお》り数えたところで、どうなるというんだ。それらはみな、この世《よ》から永遠《えいえん》に消《き》えさったまぼろしだ。二度《ど》とふたたびもどってくることはない。死者《ししゃ》がふたたびこの世《よ》に生きて姿《すがた》をあらわさないのと同じように。不可能《ふかのう》は可能《かのう》にならない」

「さあ有市《ゆういち》、思いだすのよ。お父さんに久《ひさ》しぶりに二日間連続《れんぞく》のお休みがとれて、みんなでアミューズメントランドにいったわね。去年《きょねん》の夏休みよ。奈津美《なつみ》が大はしゃぎして、行きの車のなかで大カラオケ大会になっちゃったじゃない。あれは楽しかったわ」

「うん、楽しかった」

当時、小二だった奈津美《なつみ》は、お父さんが運転《うんてん》する車の後部座席《こうぶざせき》に有市《ゆういち》とならんですわっていた。カーラジオから奈津美《なつみ》の大好《す》きなテレビアニメのテーマソングが流《なが》れだしてきたのがきっかけだった。奈津美《なつみ》は、お父さんがいつもシャツの胸《むね》ポケットにさしている三色ボールペンを借《か》りると、それを即席《そくせき》のマイク代《が》わりにして歌いはじめたのだった。

最初《さいしょ》は奈津美《なつみ》がひとりでボールペンのマイクを独占《どくせん》して、アニメソングばかりをつぎつぎと歌った。カーラジオがニュースに切りかわっても、奈津美《なつみ》は歌うのをやめなかった。それでお父さんはラジオのスイッチを切ったのだが、奈津美《なつみ》のノリはとまらなかった。

やがて奈津美《なつみ》は、自分が知っているアニメソングや小学唱歌《しょうか》やテレビのヒット曲《きょく》などのほとんどを歌いおえると、ボールペンを有市《ゆういち》にわたして、いった。

「こんどはお兄ちゃんが歌うんだよ」

有市《ゆういち》は当時はやっていた、「ピーターQ《キュー》」のデビュー曲《きょく》〈ワン・ロード〉を無《む》伴奏《ばんそう》で熱唱《ねっしょう》して、ボールペンのマイクをお母さんにまわした。お母さんがそれじゃ、といって大昔《おおむかし》のヒット曲《きょく》を歌いはじめると、運転席《うんてんせき》のお父さんが、るるるー、わわわわー、などといって、ハンドルをたたきながらコーラスを口ずさんだ。

「そんじゃ、こんどはお父さんの番」

いまや総合司会者《そうごうしかいしゃ》になった奈津美《なつみ》に指名《しめい》されたお父さんは、ハンドルをにぎりながら英語《えいご》の歌を披露《ひろう》した。まだ有市《ゆういち》も奈津美《なつみ》もこの世《よ》に生まれていなかったお父さんとお母さんの青春時代《せいしゅんじだい》に、何度《ど》目かのリバイバルヒットになったという、イギリスの有名《ゆうめい》グループバンド、ビートルズの〈フロム・ミー・トゥー・ユー〉という曲《きょく》だった。

それから総合司会者《そうごうしかいしゃ》、いや奈津美《なつみ》が「これからは同じ曲《きょく》を何度《ど》歌ってもいいんだよ」と宣言《せんげん》して、四人が順《じゅん》ぐりにボールペンのマイクをにぎる大カラオケ大会になった。けっきょくカラオケ大会は、奈津美《なつみ》がその日五回以上《いじょう》は歌った十八番《おはこ》のテレビアニメのテーマソングを全員《ぜんいん》で合唱《がっしょう》しているときに、車がアミューズメントランドの駐車場《ちゅうしゃじょう》に到着《とうちゃく》して、ようやく幕《まく》をとじたのだった。

「ほら、やっぱりきたぞ、朔也《さくや》くんだ」

想魔《そうま》のはずんだ声が、思い出にふけっていた有市《ゆういち》の意識《いしき》をいきなり、もとの世《せ》界《かい》にもどした。

「もうすぐ朔也《さくや》くんが、その道の向《む》こうからやってくる」

「どこからくるって?」

有市《ゆういち》は思わず、きいてしまった。

「きみの目の前にある、その道だ」

そこはもう、岩と砂地《すなち》だけが広がる灰《はい》色の世界《せかい》ではなかった。夕暮《ゆうぐ》れが近づいていた。有市《ゆういち》の目の前に、いつのまにやら校門の前にのびている住宅街《じゅうたくがい》の一本道があった。遠くに小さな人影《ひとかげ》がみえる。

「ああ、だめよ有市《ゆういち》、想魔《そうま》の言葉《ことば》に耳を貸《か》したら」

お母さんの幻影《げんえい》が、いまにも消《き》えいりそうな小さな声でいった。その姿《すがた》が、いきなり雲のようにはかなげになってきている。

「だって、朔也《さくや》がくるっていうんだ」

「そうだ、朔也《さくや》くんがきた。だいぶあわてふためいた顔をしているじゃないか」

「有市《ゆういち》、お願《ねが》い。お母さんのことをもっと強く思って。想魔《そうま》のさそいに乗《の》ったらだめ」

「朔也《さくや》くんが、手をふっているぞ」

有市《ゆういち》は、その姿《すがた》がいきなり薄《うす》く、平《ひら》べったくなってしまったようなお母さんの姿《すがた》が気になった。しかし、自分のほうに手をふりながら一本道をどんどん近づいてくる朔也《さくや》の姿《すがた》からも、目をそらすことができない。

「有市《ゆういち》、さっき学校の緊急連絡《きんきゅうれんらく》で、きみが交通事故《じこ》にあったってきいたんだ。びっくりしてとんできちゃった」

するといきなり、おどろくべきことが起《お》きた。有市《ゆういち》はいまや、パジャマを着《き》てベッドのなかにいた。病院《びょういん》のベッドらしい。もしかしたらここが、駅前《えきまえ》にある井上脳外科病院《いのうえのうげかびょういん》かもしれない。頭や手足を包帯《ほうたい》でぐるぐる巻《ま》きにされて、点滴《てんてき》を受《う》けながらあおむけにねかされている。

「意識《いしき》がもどったんだね、よかった」

ベッドのわきで、ねている有市《ゆういち》の顔をのぞきこんでいる朔也《さくや》がうれしそうにいった。

「おみまいは、ぼくがいちばん乗《の》りさ」

天井《てんじょう》のかなたの、ずっと遠くから、お母さんの声が、とぎれとぎれにきこえてきた。

「有市《ゆういち》……わなに……はまったら、だめ……お母さんのことを……もっと強く、思って」

あたりをみまわしたが、お母さんの姿《すがた》がみつからない。消《き》えてしまったのか。

「お母さん？」

そのとき病室《びょうしつ》に、想魔《そうま》が入ってきた。

「きみたち、用意《ようい》はいいかな。さっそくでかけることにしよう」

「でかけるって、どこに？」

「決《き》まってるじゃないか。本来、きみたちがいなくてはならない世界《せかい》さ。わたしが手とり足とりの案内役《あんないやく》をつとめてみせよう」

有市《ゆういち》はもう、ベッドにねてはいなかった。パジャマも着《き》ていない。ふたたびふだん着《ぎ》になって、朔也《さくや》とならんで想魔《そうま》の前に立っている。そこは、さっきまで有《ゆう》市《いち》が想魔《そうま》や、どこか実体《じったい》のないお母さんの姿《すがた》とともにいた世界《せかい》だった。濃《こ》い灰《はい》色の霧《きり》が立ちこめて、あたりにあるのは岩と砂地《すなち》ばかりだ。

「ここはどこ？　このおじさんはだれ？」

朔也《さくや》が、あたりの様子《ようす》と想魔《そうま》の顔をあおぎみながら、首をかしげてきいてきた。

有市《ゆういち》は答えなかった。代《か》わりにお母さんのことを思った。これまでにないくらい強く思った。いますぐ、もう一度《ど》ここに姿《すがた》をあらわしてほしいと、心の底《そこ》から念《ねん》じた。お母さんへのこの強い想《おも》いを、想魔《そうま》にうばわれるなんて、死《し》んでもいやだった。

「さあ、いこう。いまがチャンスだ」

想魔《そうま》の声が耳たぶをかすめた。でも、有市《ゆういち》の目はお母さんの姿《すがた》を求《もと》めて、あたりをさまよっていた。いまはもう、想魔《そうま》の声も耳に入らないほど、お母さんのことが心配《しんぱい》だった。

と、目の前にふたたびお母さんがあらわれた。その姿《すがた》はさっきと同じように、ゆらゆらとはかなげにゆれている。

「お母さん」

有市《ゆういち》は叫《さけ》びだしたいくらいうれしかった。手をのばしても、相手《あいて》の体をすりぬけてしまうのはわかっていた。それでも、お母さんの姿《すがた》がそこにあるだけで、心がぐんと落《お》ちつきをとりもどしてくるのがわかった。

「ごめん。さっきはお母さんのこと、ちらっと忘《わす》れちゃったみたいで」

「ひどい息子《むすこ》だわ。でも、また思いだしてくれたのね。それも、さっきよりずっと強く。うれしい」

「お母さん……」

「いいの。さあ、約束《やくそく》してちょうだい。これからは想魔《そうま》の言葉《ことば》に、決《けっ》して耳を貸《か》さないように。あなたがいま、いちばんやりたいことは何だったの?」

「お母さんへの想《おも》いを想魔《そうま》にうばわれないまま、もといた世界《せかい》に帰ること」

「だったら、それを心に念《ねん》じなさい。強く、深《ふか》く。しばらくのあいだ、想魔《そうま》はいろいろな手段《しゅだん》を使《つか》ってあなたの気を引こうとするかもしれないわ。でも、相手《あいて》にしなければいい。相手《あいて》にしなければ、想魔《そうま》はあなたに指《ゆび》一本だって触《ふ》れることができないんだから」

「ほんとうにそうだろうか」

想魔《そうま》がいった。有市《ゆういち》はどきっとしたが、お母さんがだいじょうぶよという具合《ぐあい》に、やさしいまなざしでうなずいてくれた。おかげで、気持《きも》ちがすーっと落《お》ちついた。

「ほら、有市《ゆういち》くん。きみのお父さんがいま、会社でどんな仕事《しごと》をしているか、ちらっとのぞいてみたいとは思わないか？　妹の奈津美《なつみ》ちゃんはどうだ？　のぞいてみたいはずだ。わたしに遠慮《えんりょ》する必要《ひつよう》は、少しもないぞ」

有市《ゆういち》は、目の前にたたずんでいるお母さんの顔をまっすぐみつめながら、想魔《そうま》がつぎからつぎへと投《な》げかけてくる誘惑《ゆうわく》を、歯《は》を食いしばって退《しりぞ》けていった。

しかし、そこにお母さんが姿《すがた》をみせていられる時間は、どんどん少なくなってきているのだった。

# 8 念《ねん》じること

そこは岩と砂地《すなち》ばかりが広がる荒涼《こうりょう》とした大地だった。有市《ゆういち》は、一度《ど》その姿《すがた》をみうしなってしまったと思ったお母さんと、奇跡的《きせきてき》に再会《さいかい》できたことがうれしかった。おたがいに、体を触《ふ》れあうことはできなかった。それでも、目と目でみつめあい、相手《あいて》の声をききながら話しあえることはすばらしかった。

お母さんは、いつまでもこの世界《せかい》に姿《すがた》をとどめてはいられないという。時間は、あとどれくらい残《のこ》っているのだろう。とにかく、有市《ゆういち》は夢中《むちゅう》で話した。

「七月の中旬《ちゅうじゅん》くらいだったけど、ぼくとナツとでお母さんに手紙を書いたんだ。マンションの近くの児童《じどう》公園から、啓太《けいた》がもってきてくれた花火につめこんで、空に向《む》けて打《う》ちあげたんだよ。ちゃんと届《とど》いた?」

お母さんはにこりとしてうなずいた。

「届《とど》いたわよ。二人とも、お母さんを安心《あんしん》させようとして書いてくれたのね。うれしかったわ、ありがとう」

「すごいや。ちゃんと届《とど》くんだ」

「届《とど》きますとも。地上にいる人たちの気持《きも》ちはいつも、それぞれの思いが電波《でんぱ》みたいにとんで、こっちに届《とど》いているのよ」

「啓太《けいた》が思いついたんだ。ナツをもっと元気にさせようと思って。落《お》ちこんでたから」

「いいお友達《ともだち》ね、啓太《けいた》くん。奈津美《なつみ》のこともかわいがってくれているみたいだし。なかなかいないわ、ああいう子。お母さんも大好《す》きよ。ずっと仲《なか》よくしていってね。でも、ああ、時間がもうなくなってきたみたい」

あたりに一陣《いちじん》の風がふいた。砂《すな》がぱらぱらとまいあがって、また落《お》ちてきた。

「お母さんの声と姿《すがた》は、もうすぐここから消《き》えてしまうの。想魔《そうま》の世界《せかい》には、これ以上《いじょう》とどまれないのよ」

「どうして？　いかないでよ」

「お母さんだって、いきたくない。でも、天上にいるたましいには、限界《げんかい》が近づいてきている。わたしたちがおたがいに、いくら強く相手《あいて》のことを思っても、こればかりは仕方《しかた》がないの。この世界《せかい》が、わたしたちを引きはなすために、どんどん動《うご》いているのですから。でも、お母さんはこれからもずっと、天上からあなたのことをみまもっていますからね」

お母さんの声が、心なしか小さくなった。その姿《すがた》も、いくぶんおぼろになった。

「お母さん」

「だいじょうぶ。あなたはひとりになっても、きっとやりとげられる。お母さんの息子《むすこ》なんですから。いいわね。想魔《そうま》のいうことには一切《いっさい》耳を貸《か》さないで、もとの世界《せかい》に帰るんだって、そのことだけを一心に念《ねん》じるのよ」

「お母さんのこと、絶対忘《ぜったいわす》れないから」

想魔《そうま》の声がひびいた。

「有市《ゆういち》くんは啓太《けいた》くんと、大の仲《なか》よしらしいね。親友をもつのはいいことだ。ならば、その啓太《けいた》くんを、こちらの世界《せかい》に呼《よ》びよせてみるのはどうだろう。いま、きみがおかれている苦境《くきょう》を知ったら、どんな助言《じょげん》をしてくれるかな。わたしとしても興味《きょうみ》がある」

有市《ゆういち》は思わず、ふりむいてしまった。

「だめ。なにをいわれても相手《あいて》にしないの。さそいには乗《の》らないで」

お母さんの声が、うつろにひびく。

「でも、啓太《けいた》にまで手をだそうとしてる」

「相手《あいて》にしたらだめなの」

お母さんの声がいちだんと小さくなった。その姿《すがた》も、たちまちかすみがかかったみたいに不鮮明《ふせんめい》になってきている。

「有市《ゆういち》くんのお母さんは、そろそろ天上へ帰らなければいけない時間が迫《せま》ってきたみたいだ。残念《ざんねん》だが、お別《わか》れするしかない」

「お別《わか》れしたってぼく、お母さんのことは死《し》ぬまで忘《わす》れない」

ああ、また口をきいてしまった。自分で自分の頭をぽかぽかとたたいてやりたい。

「有市《ゆういち》、いまはもとの世界《せかい》に帰ることだけを念《ねん》じなさい。それからもう一つ、これはどうしてもいっておきたいことなの」

お母さんは、その存在感《そんざいかん》がますます弱まってきているようなおぼろな光に身《み》を包《つつ》まれながらも、つづけた。

「地上で現実《げんじつ》の生活を送《おく》っているあなたたちにとって、夢《ゆめ》や空想《くうそう》や願望《がんぼう》の世界《せかい》を作るっていうのは、決《けっ》して悪《わる》いことじゃないのよ。それは神様《かみさま》が人間にあたえてくださった、ほんとうにぜいたくな贈《おく》り物《もの》なんだから」

「そうだね。ぼく、お母さんのことを想《おも》ったから、お母さんといっしょにいられたんだ。それって神様《かみさま》からの贈《おく》り物《もの》だったんだ。でも、そういうことをずっとしていると、想魔《そうま》にねらわれる」

「そうね。夢中《むちゅう》になっている人のたましいにはすきができるから。想魔《そうま》はそこにつけこむの。でも、地に足をしっかりつけていれば心配《しんぱい》はいらないのよ。夢《ゆめ》は夢《ゆめ》、現実《げんじつ》は現実《げんじつ》って、いつもはっきりと区別《くべつ》さえできていれば」

いつのまにか、岩と砂地《すなち》ばかりが広がる大地のあちらこちらに、黒い水たまりがぽつりぽつりとできている。いや、よくみると、それは水たまりではなかった。闇《やみ》がいくつも顔をのぞかせているのだった。

「お母さんの姿《すがた》はまもなく消《き》えてしまうけれど、この世界《せかい》もだんだんこわれて、なくなってきているみたいね」

「闇《やみ》に包《つつ》まれちゃうのかなあ」

有市《ゆういち》の声がうわずった。お母さんは敏感《びんかん》に気がついて、首を左右にふった。

「闇《やみ》をおそれてはいけないわ」

「でも、世界《せかい》が闇《やみ》に包《つつ》まれると、そこに残《のこ》された人のたましいはどうなるの？」

「闇《やみ》とともにとりのこされてしまうっていうんでしょ。だれからきいたの？」

有市《ゆういち》は近くに立っている想魔《そうま》の顔をみた。すずしげなウインクが返《かえ》ってきた。

「世界《せかい》がこわれて闇《やみ》に包《つつ》まれても、自由《じゆう》なたましいは行き場を失《うしな》わないのよ」

「とじこめられたりしないの？」

「だいじょうぶ。闇《やみ》はわたしたちの故郷《こきょう》の一つといってもいいくらいのものなんですから」

「故郷《こきょう》なんだ」

「大昔《おおむかし》の宇宙《うちゅう》には闇《やみ》しかなかったの。そこにあるとき光がさした。それで、いまのわたしたちの世界《せかい》ができあがっているんです」

「そうなんだ」

「あなたにならできるわ。無事《ぶじ》にもとの世界《せかい》に帰って……家族《かぞく》三人……これからもしっかり……力を合わせて……生きていくの」

それが有市《ゆういち》の耳にやっと届《とど》いた、お母さんからの最後《さいご》のメッセージになった。

「すばらしいお母さんじゃないか。そばできいていて、じんときた」

静《しず》かに拍手《はくしゅ》してみせながら、想魔《そうま》がいった。それから、不意《ふい》に表情《ひょうじょう》を変《か》えた。

「きみのお母さんは、たとえていうなら、水をいっぱい張《は》った洗面器《せんめんき》に顔をつけていたのさ。水のなかはわたしの世界《せかい》だ。お母さんはむろん、そこでは息《いき》ができない。水の外の世界《せかい》にしかいられないたましいなのだから。そして一度《ど》そこから顔を離《はな》したら、もう一度《ど》顔をつけることはできないんだ」

それから、ふと目を上げていった。

「ほら、あそこにいるのは、もしかしたら啓太《けいた》くんじゃないのか。きっとそうだ。こっちに向《む》かって走ってくるぞ」

「うそだ。どうして啓太《けいた》が」

声を発《はっ》して、有市《ゆういち》の心はますます乱《みだ》れた。

想魔《そうま》は遠くを指《ゆび》さしている。お母さんの存在《そんざい》が一挙《いっきょ》に遠のいてしまった。有市《ゆういち》はいま、こちらに向《む》かって走ってくるという啓太《けいた》の姿《すがた》を必死《ひっし》になって探《さが》すしかなかった。

前方の、まだ闇《やみ》の水たまりがあまり広がっていない、砂地《すなち》に岩がごろごろと転《ころ》がっているあたりだ。人の影《かげ》が認《みと》められた。少年の姿《すがた》にみえる。有市《ゆういち》のほうに向《む》かって、どんどん走ってくる。もしあれがほんとうに啓太《けいた》だったら、こっちにくるなといってやらなければいけない。無視《むし》することなんて、とてもできない。啓《けい》太《た》は親友だった。しかも、この世界《せかい》のことも想魔《そうま》のことも、なに一つ知らないだろう。とても危険《きけん》だ。

想魔《そうま》が、またいった。

「いや待《ま》て。ちがう。あれは啓太《けいた》くんじゃなかった。だが、有市《ゆういち》くんの友達《ともだち》であることに変《か》わりはない。何だ、朔也《さくや》くんじゃないか。現実《げんじつ》の世界《せかい》にもどったのかと思っていたら、またやってきたのか」

たしかに少年は朔也《さくや》だった。おそらく想魔《そうま》は、初《はじ》めから知っていたのだ。相手《あいて》が啓太《けいた》ではなかったことにほっとしたものの、それが改《あらた》めて朔也《さくや》だとわかって、有市《ゆういち》の心には複雑《ふくざつ》な感情《かんじょう》が走った。朔也《さくや》だって大事《だいじ》なクラスメートだ。かげながら、自分のことをいつも気にしてくれているやつだ。いまの有市《ゆういち》は、そのことをよく知っている。

あたりには濃《こ》い灰《はい》色の霧《きり》が立ちこめて、砂地《すなち》の上には無表情《むひょうじょう》な大小の岩が、ごろごろと転《ころ》がっている。闇《やみ》の水たまりの数も、じょじょに増《ふ》えてきているようだ。朔也《さくや》は息《いき》せき切って近づいてきた。小さな闇《やみ》の水たまりを一つ、ひょいととびこえる。もう、目の前だ。

「有市《ゆういち》、さっきはどこいってたんだよ。探《さが》してたのに。でも、みつかってよかった」

あらい息《いき》をはずませながら、朔也《さくや》がいった。返事《へんじ》を待《ま》たずに、つづけた。

「ぼく、さっきはこのおじさんのあとについていくところだったんだ。手をつながれて。だけど、気がついたら有市《ゆういち》がいないじゃないか。ひとりでいくのは、やっぱりいやだなって思ったから、にげたんだ。でも、にげてばかりじゃしょうがないから、またもどってきた。うーん、ここってへんな場所《ばしょ》だなあ」

想魔《そうま》が白い手袋《てぶくろ》をはめた人さし指《ゆび》を一本、空中につきたてて、左右に動《うご》かしながら割《わ》りこむ。

「にげることなんてなかったんだ。有市《ゆういち》くんは、さっきからずっとここにいたよ。きみを待《ま》っていたんだ。わたしにとっては、きみたちを本来の世界《せかい》に案内《あんない》するのに、二人まとめてのほうがずっとやりがいがある。よくもどってきてくれたな、朔也《さくや》くん」

有市《ゆういち》は、お母さんからいわれた言葉《ことば》を、改《あらた》めて強くかみしめた。お母さんへの想《おも》いを想魔《そうま》にうばわれないためにも、朔也《さくや》が自分に対《たい》していだいている希望《きぼう》に応《こた》えるためにも、二度《ど》と想魔《そうま》の声に耳をかたむけるのはやめよう。最初《さいしょ》からそうしなければいけなかった。いまはもう、ここにふたたび姿《すがた》をあらわした朔也《さくや》と二人で、もとの世界《せかい》に帰るために、できる限《かぎ》りの努力《どりょく》をはらわなければいけない。ほかに方法《ほうほう》はなかった。

「朔也《さくや》、よくきけよ」

「ところで、有市《ゆういち》くん。朔也《さくや》くんを改《あらた》めて、このわたしに紹介《しょうかい》してもらえるだろうか」

想魔《そうま》がいったが、有市《ゆういち》は無視《むし》した。

「ぼくとの約束《やくそく》、守《まも》れるか」

「約束《やくそく》って？」

「ここにいるおじさんとかかわっちゃだめだ。朔也《さくや》がぼくや啓太《けいた》と友達《ともだち》になりたいって思ってる気持《きも》ちを、このおじさんはうばいとろうとしているんだから」

「やれやれ、有市《ゆういち》くんもまた、お母さんと同じくらい人ぎきの悪《わる》いことをいう」

「ぼくたちが、このおじさんから身《み》を守《まも》る方法《ほうほう》は、たった一つしかない」

朔也《さくや》は意味《いみ》がわからないといった目で、二人の近くに立っている想魔《そうま》をあおぎみた。

想魔《そうま》がにこやかな笑顔《えがお》を向《む》けて、片《かた》うでで半弧《はんこ》を描《えが》き、軽《かる》く頭を下げてみせた。

「朔也《さくや》、ぼくをみるんだ」

荒涼《こうりょう》とした地平線《ちへいせん》のかなたの空気がゆらめいた。風が巻《ま》きおこった。だいぶ遠くのほうだが、黄色い砂塵《さじん》がまいあがっている。たったいま、そこで嵐《あらし》が生まれたみたいだ。灰《はい》色の空に稲妻《いなづま》がひらめいた。遠雷《えんらい》が転《ころ》がってきた。オゾンのにおいがした。いまや、大地のそこかしこでいよいよ数を増《ま》してきている闇《やみ》の水たまりが、いっせいにふるえた。

「これからは一切《いっさい》、このおじさんの顔をみちゃいけない。話す言葉《ことば》もきいちゃいけない。なにをいわれても、頭から無視《むし》するんだ」

「そんなことが、この純真《じゅんしん》なひとみをもった朔也《さくや》くんにできるわけがない」

「朔也《さくや》ならできる」

有市《ゆういち》は朔也《さくや》の小さな肩《かた》に手をおいて、力強くいいわたした。現実《げんじつ》の世界《せかい》では、体に触《ふ》れたことなど一度《ど》もない。言葉《ことば》さえまともに交《か》わしたことのない相手《あいて》だった。しかし、いまはちがった。想魔《そうま》にその夢《ゆめ》と希望《きぼう》、有市《ゆういち》と友達《ともだち》になりたいと願《ねが》う気持《きも》ちをかぎつけられて、目をつけられているのだ。このあやしげな世界《せかい》に迷《まよ》いこんできたのを、有市《ゆういち》が救《すく》いだせずして、だれが救《すく》いだせるだろう。

「約束《やくそく》だ。ぼくたちはいまから、このおじさんの助《たす》けなんて一切借《いっさいか》りない。二人で力を合わせて、もとの世界《せかい》に帰ろう」

「わたしに任《まか》せたほうがずっといい。闇《やみ》はいよいよ、この世界《せかい》を飲《の》みこもうとしているのだから。手おくれにならないうちに」

朔也《さくや》のあごが、想魔《そうま》のだした声につられてまわりそうになった。有市《ゆういち》はとっさに手をのばすと、朔也《さくや》のあごを自分のほうに向《む》きなおさせた。

「声に耳を貸《か》しちゃいけない。たのむよ、約束《やくそく》するっていってくれ」

「わかった、約束《やくそく》するよ」

朔也《さくや》は答えて、うなずいた。

嵐《あらし》が、おそろしい勢《いきお》いでこちらに向《む》かってくる。空の色が灰《はい》色から鉛色《なまりいろ》になった。稲妻《いなづま》が何本も走って、雷鳴《らいめい》が立てつづけに地をとどろかせた。風のうなり声がきこえる。あちらこちらで、闇《やみ》が乱舞《らんぶ》している。

「嵐《あらし》がくるぞ」

想魔《そうま》がささやいた。

「これまでに経験《けいけん》したことのない、おそろしくでかい嵐《あらし》だ。気をつけないと、闇《やみ》の水たまりに足をとられる」

「朔也《さくや》、手を貸《か》せ」

有市《ゆういち》はいって、朔也《さくや》の手をとった。

「これから二人で、もとの世界《せかい》に帰るんだ。さっきまではどこにいた？」

「さっきまでって」

「ここで、ぼくに会うまでさ」

「有市《ゆういち》のことを心配《しんぱい》してたんだ。学校の緊急連絡《きんきゅうれんらく》があって、交通事故《じこ》にあって入院《にゅういん》したってきいたから。ぼく、自分の部屋《へや》にひとりでいた。ぼくにできることってなにかあるだろうかって、ずっと考えてたんだ」

「きみにできることは、きみの世界《せかい》を作ることさ、朔也《さくや》くん。これまでみたいに、いったりきたりの中途《ちゅうと》はんぱな状態《じょうたい》ではなく、身《み》も心もどっぷりつかれるような、完璧《かんぺき》な自分だけの世界《せかい》を作りあげるんだ」

朔也《さくや》がまた想魔《そうま》の声に反応《はんのう》して、首をまわそうとした。有市《ゆういち》は相手《あいて》の目の前で、指《ゆび》をぱちん、ぱちんとならしてみせた。

「約束《やくそく》を思いだせ」

「あ、そうだったね」

「そのおじさんは、ここにはいない」

「うん。おじさんなんて、ここにはいない」

「悲《かな》しいことをいわないでくれ」

想魔《そうま》がいって、ほんとうに悲《かな》しそうに広い肩《かた》をすぼめてみせた。鉛色《なまりいろ》の空がぐんぐん低《ひく》くなる。稲妻《いなづま》が走る。そのいくつかは、大きくなった闇《やみ》の水たまりに吸《す》いこまれていく。腹《はら》の底《そこ》をゆりうごかすような雷《かみなり》がとどろいた。風の勢《いきお》いがいきなり強くなった。やがて、数万の軍馬《ぐんば》が戦場《せんじょう》をいっせいにかけぬけて突進《とっしん》してくるような雨足のとどろきがきこえた。巨大《きょだい》な嵐《あらし》が、漆黒《しっこく》の闇《やみ》を引きつれて近づいてくる。

「嵐《あらし》だ。世界《せかい》をこわしにやってくる。ずぶぬれになるぞ。二人とも気をつけろ。闇《やみ》に飲《の》みこまれたらおしまいだ」

こまくが破《やぶ》れそうな大音響《おんきょう》とともに、天の水がめを引っくりかえしたような豪《ごう》雨《う》がおそってきた。有市《ゆういち》と朔也《さくや》は、あっというまに水びたしになった。頭のてっぺんからつま先まで。いまや夜なのか闇《やみ》なのかもわからなくなった空には、おそろしい音と光がいくつも転《ころ》げまわった。

「こんなところにいつまでもいても仕方《しかた》がない。まもなく、すべてが闇《やみ》に飲《の》みこまれてしまう。早いところ、もとの世界《せかい》にもどろう。時間がない。二人とも、いますぐわたしに身《み》と心をゆだねるのだ」

想魔《そうま》がのばしてきた手に、二人はそろって背《せ》を向《む》けた。目の前が黄金《こがね》色にかがやいた。山高帽《やまたかぼう》をかぶった男のシルエットが、心なしか肩《かた》をすくめたようにもみてとれた。天空で、大地もさけよとばかりに雷鳴《らいめい》がとどろいた。闇《やみ》がなだれをうって落《お》ちてきた。

気がつくと、雨はすっかり上がっていた。空はあいかわらず低《ひく》く、灰《はい》色に垂《た》れこめている。夜のような暗《くら》さはない。風はおだやかだ。そこは嵐《あらし》がくる前の、どこまでも荒涼《こうりょう》とした想魔《そうま》の世界《せかい》だった。ただし、それは半分だけだった。残《のこ》る半分は、押《お》しよせてきた闇《やみ》に完全《かんぜん》に飲《の》みこまれていた。

さっきまでずぶぬれだった体が、いまはすっかりかわいている。いや、雨にさらされたあとさえない。

「どうなってるの？」

朔也《さくや》がいった。有市《ゆういち》は首を横《よこ》にふった。そんなことをいま、考えたって仕方《しかた》がない。それより、もといた世界《せかい》に帰ることに気持《きも》ちを集中《しゅうちゅう》させるんだ。現実《げんじつ》の世界《せかい》に帰ろう。

「朔也《さくや》は自分の部屋《へや》に帰るんだ。ぼくは、駅前《えきまえ》の井上《いのうえ》脳外科病院《のうげかびょういん》の集中《しゅうちゅう》治療室《ちりょうしつ》に帰る」

「わかった。でも、どうやって帰ろうか」

「帰ろうと思えばいい。帰るぞって、心に念《ねん》じるんだ」

「だったら、いつものとおりだ。うん。じゃあ、いっしょに帰ろう」

「よし、帰ろう」

「帰れば、集中治療室《しゅうちゅうちりょうしつ》で地獄《じごく》の苦痛《くつう》が待《ま》っているぞ、有市《ゆういち》くん」

想魔《そうま》の声だった。姿《すがた》は、どこにもない。

「お母さんにも、二度《ど》と会えない」

有市《ゆういち》は気力をふりしぼって、想魔《そうま》の言葉《ことば》を意識《いしき》のかなたに追《お》いやった。

「どうだい、お母さんにもう一度《ど》会いたいとは思わないのか」

ここで気持《きも》ちをひるがえしては絶対《ぜったい》にいけない。想魔《そうま》の思うつぼだ。

「有市《ゆういち》くん、もしきみさえよかったら、わたしはきみを天上へ連《つ》れていってやってもいいんだよ。さっき、大西《おおにし》さんを連《つ》れていったところだ。あの世《よ》ともいう。そこにはきみのお母さんがいる。きみがいきなりいって顔をみせたら、どんなによろこぶことか」

有市《ゆういち》の気持《きも》ちが、くらっとゆれた。もう一度《ど》お母さんに会えるなら。痛《いた》くて苦《くる》しくてつらいことばかりが待《ま》っているはずの、井上脳外科病院《いのうえのうげかびょういん》の集中治療室《しゅうちゅうちりょうしつ》に帰るより、このままあの世《よ》にいってしまったほうがずっといい。もう一度《ど》お母さんに会えるなら……。

「有市《ゆういち》だめだよ、手を離《はな》さないで」

朔也《さくや》のかん高い声が、脳裏《のうり》にひびいた。有市《ゆういち》ははっとして、目をあけた。二人は闇《やみ》のなかにいた。さっきまでしっかりと手をつないでいた朔也《さくや》の体が、空中をただようようにして、すーっと離《はな》れていくのがわかる。

「待《ま》て、朔也《さくや》」

有市《ゆういち》は無我夢中《むがむちゅう》で手足を動《うご》かした。朔也《さくや》とはまだ、離《はな》れ離《ばな》れになってはいけなかった。いっしょに帰るなら、しっかりと手をつなぎなおさなければいけない。距離《きょり》がまた近づいてきた。目にみえなくても、それがわかる。コウモリが暗《くら》い空をとぶように。有市《ゆういち》が手をのばすと、朔也《さくや》も必死《ひっし》になってのばしてきているのが感《かん》じとれた。

まもなく、二人の手ががっちりとつなぎあわさった。もとどおり、二人は闇《やみ》のなかでまたいっしょになった。もう、ゆるぎがない。

「やれやれ。ならば、その手は二度《ど》と離《はな》さないことだ」

想魔《そうま》が、おだやかな声でいった。

「よし。ぼくは帰る」

「そうだよね、ぼくも帰るぞ」

有市《ゆういち》は目をとじた。闇《やみ》が体をゆりかごのようにやさしく包《つつ》みこんでいる。

想魔《そうま》の気配《けはい》はもう、どこにもなかった。


天井《てんじょう》の明かりがまぶしい。

「意識《いしき》がもどったみたいです、先生」

女の人の声が落《お》ちてきた。有市《ゆういち》は目をあけた。女の人は白衣《はくい》に身《み》を包《つつ》み、マスクをしている。看護師《かんごし》のようだ。

「やっともどったか」

横合《よこあ》いからいきなり、こちらは白衣《はくい》の男性《だんせい》の顔がとびだしてきた。視界《しかい》のすべてをおおった。やはりマスクをしている。医者《いしゃ》だ。茶色のひとみがのぞきこんでくる。

「いま、時間は？」

「八時三十分です、ちょうど」

「十二時間ぶりの生還《せいかん》か。ねえ、きみ。ここがどこだかわかる？」

「ぼーいん」

病院《びょういん》といったつもりが、おかしな発音《はつおん》になってしまった。でも、先生は気にしていないみたいだ。質問《しつもん》を重《かさ》ねてくる。

「きみの名前は?」

「むうられす。むうらううぃち」

「三浦有市《みうらゆういち》くんだね。すぐにはっきりしゃべれなくてもいいんだぞ」

右手の人さし指《ゆび》を一本、目の前につきだした。

「しっかりみて、追《お》いかけて」

指《ゆび》が空中を移動《いどう》して、右はしに消《き》えた。

「いいよ、首は動《うご》かさないで」

指《ゆび》がまたあらわれて、こんどは左に移動《いどう》していく。有市《ゆういち》のひとみが追《お》いかけた。

こんどは左はしに消《き》えた。

「オーケイだ」

茶色のひとみがまた、有市《ゆういち》をみた。

「さて、どこまで覚《おぼ》えているかな。きみがいま病院《びょういん》にいるのは、どうしてですか?」

「じて」

有市《ゆういち》は一度《ど》、くちびるをなめた。しっかり発音《はつおん》しようと思った。思うことがかんじんだ。ぼくはしっかり発音《はつおん》できる。思いこんだら、あとは実行《じっこう》するのみだ。

「自転車《じてんしゃ》で、マンションの敷地《しきち》から、車道にとびだしたら、車に、はねられました」

「こんどはずいぶんはっきりいえたね。記憶力《きおくりょく》も正常《せいじょう》のようだ。よろしい。それからずっと、きみは意識《いしき》をなくしていたんだ。おかげで手術《しゅじゅつ》はらくらくできたけどね」

「なにも覚《おぼ》えてないかと思ったわ。夢《ゆめ》でもみていたかしら?」

となりに立っている看護師《かんごし》がきいた。

「ぼくね」

有市《ゆういち》はひとみをきらめかせて、答えた。

「お母さんに会ってたんだよ」

# エピローグ

有市《ゆういち》が駅前《えきまえ》の井上《いのうえ》脳外科病院《のうげかびょういん》に入院《にゅういん》して、きょうで一週間になる。

意識《いしき》を奇跡的《きせきてき》に回復《かいふく》したとき、有市《ゆういち》の体はどこもかしこもガタガタだった。連絡《れんらく》を受《う》けてお父さんと奈津美《なつみ》とおばあちゃんがかけつけてきたが、会話らしい会話は成《な》りたたないまま、有市《ゆういち》はまもなくねむりについた。

翌日《よくじつ》も、有市《ゆういち》は集中治療室《しゅうちゅうちりょうしつ》で朝から晩《ばん》まで、うつらうつらして過《す》ごした。夢《ゆめ》のようなものはなにもみなかった。体が欲《ほっ》する睡眠《すいみん》に、どっぷりつかっていたといえばいいだろうか。

三日目の午前中、すっかり気分がよくなった有市《ゆういち》は、集中治療室《しゅうちゅうちりょうしつ》から入院患《にゅういんかん》者病棟《じゃびょうとう》の四人部屋《べや》に移《うつ》された。折《お》れたりひびが入ったりした骨《ほね》がもとどおりになって、ベッドから起《お》きあがって歩けるようになるまで、まあ一か月くらいはかかるだろうと、医者《いしゃ》にいわれた。

午後になって、おばあちゃんと奈津美《なつみ》が啓太《けいた》を連《つ》れてやってきた。

「おう有市《ゆういち》、調子《ちょうし》はどうだ？」

「最高《さいこう》だね、くそったれ」

おばあちゃんは、手作りのオレンジケーキをもってきてくれた。病院内《びょういん》の売店で買った紅茶《こうちゃ》を飲《の》みながら、四人で分けて食べた。

「おばあちゃん」

有市《ゆういち》は、口を動《うご》かしながらいった。

「これまでたくさん心配《しんぱい》かけて、ごめんね」

少し照《て》れくさかったけれど、意識《いしき》を回復《かいふく》してからは、ずっといいたかった言葉《ことば》だった。おばあちゃんは、目をまっ赤にしてうなずきながら、声をふるわせた。

「いいんだよ、そんなこと。こうやってまた話ができるようになっただけで、おばあちゃんはほかに望《のぞ》むことなんて、一つもありゃしないさ」

四日目には、奈津美《なつみ》とおばあちゃんのほかに、啓太《けいた》が両親《りょうしん》を連《つ》れてきた。ベッドのまわりはみまいの花やおかしや果物《くだもの》や本やゲームでいっぱいになった。夜おそくなって、お父さんがひとりでやってきた。

「お父さん、仕事《しごと》はだいじょうぶなの？」

有市《ゆういち》がきくと、お父さんは太い首をしなやかにふって答えた。

「そんなこと、おまえが気にしなくたっていい」

有市《ゆういち》は、意識不明《いしきふめい》になっていたとき、別《べつ》の世界《せかい》でお母さんに会ってきたことを、改《あらた》めてお父さんにくわしく話してきかせた。お父さんは、そうか、そうかといってきいていた。そのうちベッドのまくら元にあるティッシュを引きぬいて、何度《ど》もはなをかみはじめた。

面会時間《めんかい》が終了《しゅうりょう》するぎりぎりまで病室《びょうしつ》にいたお父さんは、帰り際《ぎわ》に赤い目をしばたたかせながら、いった。

「よかったな有市《ゆういち》。お母さんが助《たす》けてくれたんだぞ。お父さんもうれしいよ」

それから、ベッドのそばを離《はな》れようとしかけて、またふりかえると、いった。

「早く元気になれよ」

「わかった」

有市《ゆういち》は、軽《かる》い調子《ちょうし》でつづけてきいた。

「そしたらお父さん、ぼくと久《ひさ》しぶりにキャッチボールしてくれる？」

お父さんは、うひゃっと、半分だけ笑《わら》ってみせて、答えた。

「よし。だから一日でも早く豪速球《ごうそっきゅう》が投《な》げられるように、リハビリがんばるんだぞ」

腰《こし》のホルスターに入っている携帯電話《けいたいでんわ》がマナーモードでふるえはじめたが、お父さんはボタンを一つ押《お》して応答《おうとう》をみおくった。

もしかしたら、本格的《ほんかくてき》なうひゃうひゃ笑《わら》いもまた、きけるようになるかもしれない。有市《ゆういち》は心のなかでつぶやいた。ぼく、もうすっかりだいじょうぶだからね、お母さん。

五日目にきたのは、おばあちゃんと奈津美《なつみ》と、クラス担任《たんにん》の黒沢《くろさわ》先生だった。

有市《ゆういち》は黒沢《くろさわ》先生の顔をみて、朔也《さくや》が自分の作った願望《がんぼう》の世界《せかい》で授業《じゅぎょう》中、ノートに描《か》いていた絵を思いだした。こまかいところまでくわしくたんねんに描《か》いた、先生の似顔絵《にがおえ》だった。おどろくほどリアルに描《か》けていた。

朔也《さくや》が安田《やすだ》と日出間《ひでま》のいじわるコンビに、ズボンに水をかけられてみんなから笑《わら》われていた、あの七月下旬《げじゅん》の金曜日の社会科の授業《じゅぎょう》中のことだ。朔《さく》也《や》は現実《げんじつ》の世界《せかい》でも、あの似顔絵《にがおえ》を描《か》いていたのだろうか？　それとも、すべては朔也《さくや》が頭のなかで空想《くうそう》していた、ただの願望《がんぼう》に過《す》ぎなかったのだろうか？

先生がみまいの品《しな》としておいていったチョコレートとキャンディーのつめあわせは、翌日《よくじつ》、おばあちゃんといっしょにやってきた奈津美《なつみ》が大いに気に入った。しめしめなどといいながら、たちまち没収《ぼっしゅう》していった。

六日目の夕方近く、啓太《けいた》がひとりでやってきた。よく考えると、啓太《けいた》とこの病室《びょうしつ》で、二人きりで顔を合わせるのは初《はじ》めてだった。

有市《ゆういち》はきかれるままに、交通事故《じこ》にあってからいまにいたるまでの、あちらの世界《せかい》での不思議《ふしぎ》な体験《たいけん》を話してきかせた。有市《ゆういち》がいたのは、自分が作りあげたもう一つの世界《せかい》だった。そこには「闇《やみ》のエレベーター」があり、ひとりで乗《の》りこむと、まずはベストセラー作家を夢想《むそう》していた荒川《あらかわ》さんの世界《せかい》を訪《たず》ねたのだった。

「知らないうちに、ひとりで世界《せかい》めぐりをしていたみたいなんだ。荒川《あらかわ》さんは昔《むかし》、大川《おおかわ》の橋《はし》のたもとで、ぼくが落《お》とした本を拾《ひろ》ってくれたおじさんだったんだ。もしかしたら、またあのあたりで会えるといいなあ」

死《し》んでも死《し》んだことに気がついていなかった大西《おおにし》さんの世界《せかい》の話をきいたときは、啓太《けいた》も目を丸くした。

「天狗屋《てんぐや》のおばあちゃんなら、おれもよく知ってるぞ。そうか、あのおばあちゃん、大西《おおにし》さんっていうのか。一年も前に交通事故《じこ》で死《し》んじゃってたなんてな……」

「元気になったらぼく、亮介《りょうすけ》くんを探《さが》して、おばあちゃんのことを教えてあげないと」

「おう。大西亮介《おおにしりょうすけ》だよな。そういえばたしか六年二組に、そんな名前の先輩《せんぱい》がいたかもしれないな。探《さが》すの、おれも手伝《てつだ》うぞ」

有市《ゆういち》がうなずいて息《いき》を吐《は》いたとき、どこか青っぽい、闇《やみ》に染《そ》められたような服《ふく》を着《き》た男の姿《すがた》が、心のスクリーンにふと、うかびあがった。が、そのイメージはたちまち、記憶《きおく》のかなたに消《き》えさった。

「だけどほんと、すごい経験《けいけん》したもんだ」

啓太《けいた》は太い息《いき》を一つついて、しみじみといった。それからちょっと天井《てんじょう》をにらんでいたが、つづけた。

「だったら一つ、試《ため》してみるか」

「試《ため》すって？」

「中島朔也《なかじまさくや》だ。あっちの世界《せかい》でいっしょになって、仲《なか》よく帰ってきたんだろ。おれもふだんからあいつとは、ほとんど話をしたことがないからな」

「それで」

「でも、あいつんちはクリーニング屋《や》だっただろ、商店街《しょうてんがい》の。電話帳《ちょう》で調《しら》べればわかると思うんだ。一つ、声をかけてみる」

それがきのうのことだった。

有市《ゆういち》がベッドのなかで、左足のギプスの内側《うちがわ》にものさしを入れて器用《きよう》にかいていると、足元にあるカーテンがゆれた。入院《にゅういん》七日目の面会《めんかい》時間が、いま始《はじ》まったところだった。

「おーい有市《ゆういち》、生きてるか?」

啓太《けいた》の声だ。

「足がかゆくて死《し》にそうだ」

カーテンがひらいて、啓太《けいた》が顔をだした。その後ろに、啓太《けいた》よりだいぶ背《せ》が低《ひく》くて体も小さい男子が立っている。朔也《さくや》だった。

「お、中島《なかじま》。よくきたな」

「うん」

朔也《さくや》はもじもじしている。

「まあ、すわれよ」

啓太《けいた》と朔也《さくや》は、ベッドわきに二つならんでいる面会者用《めんかいしゃよう》のいすに腰《こし》かけた。

「みまいの品《しな》はないのか？」

有市《ゆういち》がじょうだん半分にいって、朔也《さくや》の身《み》のまわりをわざとらしくみまわす。

啓太《けいた》がいった。

「おまえのこと、描《か》くって」

「え」

「ベッドごと描《か》いてもらえよ。入院中《にゅういんちゅう》のいい思い出になるぞ」

朔也《さくや》はいすを引きずって、有市《ゆういち》のベッドの足元まで移動《いどう》した。そこで、いつのまにか手にしていたスケッチブックをひらいた。

「じゃあ、始《はじ》めるね」

ぼそっといって、手にしたえんぴつを動《うご》かしはじめた。有市《ゆういち》は緊張《きんちょう》して、魔法《まほう》にかけられたように上半身《じょうはんしん》が動《うご》かなくなった。

「モデルだけど、少しはあっちこっち向《む》いたり、話したりしてもいいのかよ」

啓太《けいた》がきいてくれた。

朔也《さくや》は、うんうんといってうなずいたが、スケッチブックの上に動《うご》かす手はとめなかった。

「なあ有市《ゆういち》、気分はどうだ？」

「最高《さいこう》だね、くそったれ」

二人同時に、くすっ、と笑《わら》った。

朔也《さくや》も、動《うご》かしていた手の動《うご》きを一瞬《いっしゅん》とめて、くふっ、と笑《わら》った。

お母さんもいま笑《わら》ったかな、と有市《ゆういち》は思った。

■作者　**たからしげる**

大阪府に生まれる。立教大学社会学部卒業。新聞記者として働きながら作品を書きはじめる。「フカシギ系。」シリーズ（ポプラ社）でデビュー。主な作品に『プルーと満月のむこう』（あかね書房）、『ふたご桜のひみつ』（岩崎書店）、『由宇の154日間』（朔北社）他多数、東氏の挿画による作品に『盗まれたあした』『ギラの伝説』（ともに小峰書店）がある。

■画家　**東　逸子（あずま いつこ）**

東京芸術大学美術学部卒業。個展でオリジナルの銅版画作品を発表し、また画集や絵本、挿画などの作品も数多く手がけている。絵本の作品に『妖精のわすれもの』（偕成社）、『翼の時間』（ミキハウス）他多数、挿画の作品に『本の妖精リブロン』（あかね書房）、『イサナと不知火のきみ』（講談社）他多数、画集に『アクエリアム』（サンリオ）などがある。

装丁　白水あかね
協力　浅井亜紀子

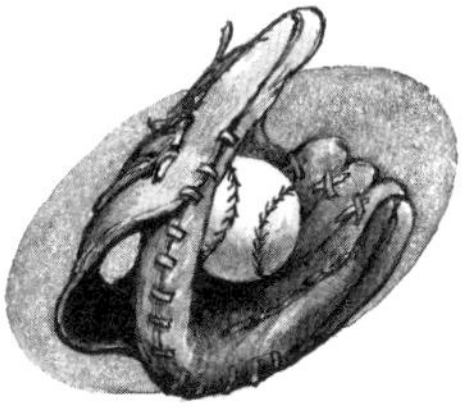

スプラッシュ・ストーリーズ・7

**想魔のいる街**

2009年11月25日　初版発行

作　者　たからしげる
画　家　東　逸子
発行者　岡本雅晴
発行所　株式会社あかね書房
〒101-0065　東京都千代田区西神田 3-2-1
電　話　営業 (03) 3263-0641　編集 (03) 3263-0644
印刷所　錦明印刷株式会社
製本所　株式会社難波製本

NDC 913　189ページ　21cm

ISBN978-4-251-04407-5

http://www.akaneshobo.co.jp

# スプラッシュ・ストーリーズ

## 虫めずる姫《ひめ》の冒険《ぼうけん》
芝田勝茂・作／小松良佳・絵
虫が大好《す》きな「虫めずる姫《ひめ》」は、金色の虫を追《お》って冒険《ぼうけん》の旅《たび》へ。痛快平安《つうかいへいあん》スペクタクル・ファンタジー！

## 強くてゴメンね
令丈ヒロ子・作／サトウユカ・絵
陣大寺《じんだいじ》あさ子《こ》の秘密《ひみつ》を知ってしまったシバヤス。
とまどいとかんちがいから始《はじ》まる小５男子のラブストーリー。

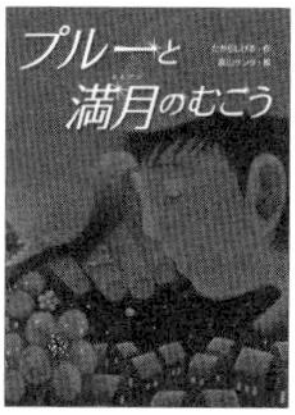


## プルーと満月《まんげつ》のむこう
たからしげる・作／高山ケンタ・絵
セキセイインコのプルーが、裕《ゆう》太《た》に不思議《ふしぎ》な声で語りかけた…。鳥との出会いで変《か》わってゆく少年の、繊細《せんさい》な物語《ものがたり》。

## チャンプ 風になって走れ！
マーシャ・ソーントン・ジョーンズ・作
もきかずこ・訳／鴨下　潤・絵
交通事故《じこ》で足を失《うしな》ったチャンピオン犬をひきとったライリー。ライリーとチャンプの新たな挑《ちょう》戦《せん》とは…。

## バアちゃんと、とびっきりの三日間
三輪裕子・作／山本祐司・絵
夏休みの三日間バアちゃんをあずかった祥太《しょうた》は、認知症《にんちしょう》のバアちゃんのために大奮闘《ふんとう》！
感動《かんどう》の物語《ものがたり》。

## 鈴《すず》とリンのひみつレシピ！
堀　直子・作／木村いこ・絵
おとうさんの名誉《めいよ》ばんかいのため、料理《りょうり》コンテストに出ることになった鈴《すず》。犬のリンと、ひみつのレシピを考えます！

## 想魔《そうま》のいる街《まち》
たからしげる・作／東　逸子・絵
“想魔《そうま》”と名乗《なの》る男に、この世界《せかい》はきみが作ったあるはずのない世界《せかい》だといわれた有市《ゆういち》。男の正体は、そしてもとの世界《せかい》にもどるには…？ミステリアスなファンタジー。

以下続刊

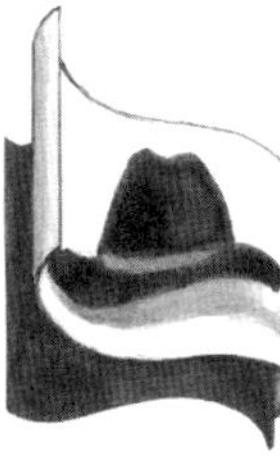

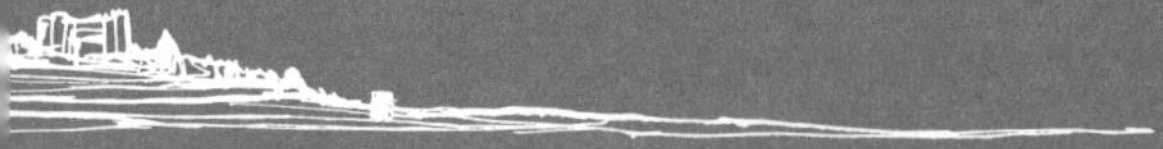

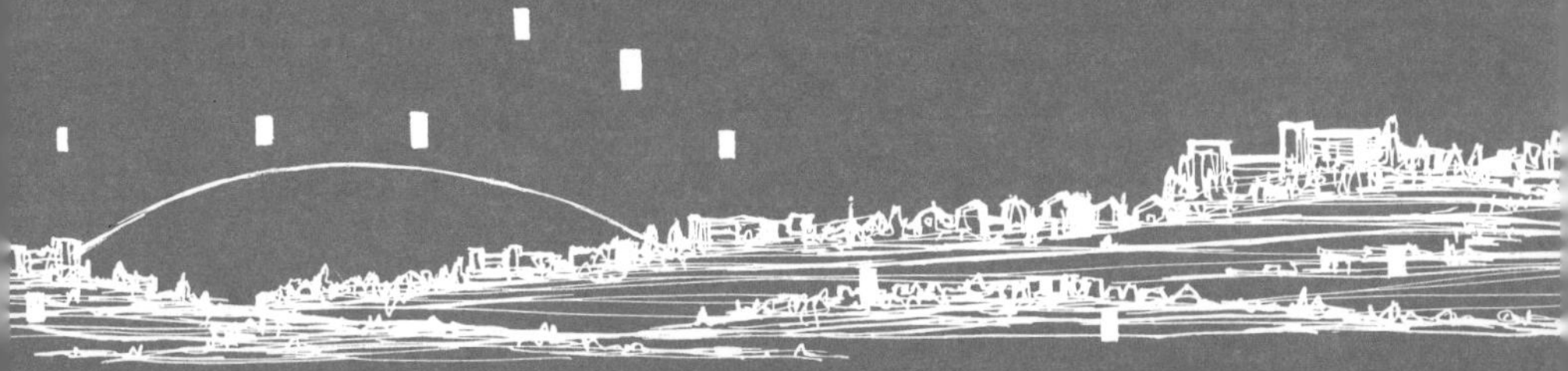